あやかし食堂の思い出料理帖

～過去に戻れる噂の老舗「白露庵」～

御守いちる

STARTS
スターツ出版株式会社

あなたには、後悔している過去がありますか？

戻りたい時間がありますか？

もしあなたが強い願いを持っているなら、

その店にたどり着けるかもしれません。

竹林の道を抜け、朱い橋を渡った場所に、それはあります。

あやかし思い出食堂『白露庵』は、あなたのご来店をお待ちしております。

目次

あやかし食堂の思い出料理帖

～過去に戻れる噂の老舗「白露庵」～

第一話　母と娘の半熟和風オムライス

愛梨の場合

大好きなおばあちゃんが亡くなったのは、今から三ヶ月前のことだ。

今まで私は家にいる時間を、おばあちゃんとふたりでご飯を食べたりテレビを見たりして過ごすことが多かった。だから今でも夕食の準備をする時、たまにおばあちゃんの席に桜模様の湯飲みを置いてしまう。おばあちゃんが町内会の旅行で京都に行った時に買った、綺麗な湯飲みだ。

おばあちゃんはこの湯飲みをとても気に入っていて、いつも大切に使っていた。だけどおばあちゃんがいなくなってしまった今、一緒に夕食を食べることはもう二度とないのだと気付くと、悲しくてしばらくその場に立ち尽くしてしまう。桜模様の湯飲みは、どうすればいいのか分からず、ずっと食器棚に入ったままだ。

「天龍《てんりゅう》。天龍愛梨《あいり》！」

「はいっ！」

先生に名前を呼ばれ、私は急いで教卓に向かった。そして渡されたテストの順位表を見て、二つに折りたたんで筆箱にしまい、机の上でうなだれた。

「この前のテストの結果、悲惨だー……どうしよう」

私がそう呟いたのを聞いて、隣の席のゆうちゃんが気遣うように声をかけてくれた。

「しょうがないよ。このテスト、愛梨のおばあちゃんが亡くなってすぐだったんだから。一応テストは受けたけど、精神的に落ち込んでてそれどころじゃなかったでしょ？」

「そうなんだけどね……」

私は苦笑して、配られた進路調査のプリントに目をやり、また溜め息をつく。まだ一年生だから本格的なものじゃないけれど、三年生になる頃にははっきり進路を決めなければいけない。ついこの前高校に入学したような気がするのに、慣れない学校生活にわたわたしている間に、秋になってしまった。

将来の夢って、何だろう。

大人になってからどうなりたいのかなんて、今の私には全く想像もつかない。友達みたいに目標があるわけでもないし、行きたい大学や、なにかやりたいことがあるわけでもない。

私はこの先、どうしていきたいんだろう。

「ただいまー」

帰宅して一番最初に見るのは、机の上に置かれているホワイトボードだ。

【今日は夜ご飯いりません。帰宅遅いです　母】

真っ白なそれに簡潔に書かれた文章を見て、そっか、と溜め息がこぼれる。今日もひとりで夜ご飯か。作るの面倒だし、お弁当でも買って来ようかな。

私のお母さんは弁護士で、毎日仕事で忙しい。

朝早くに家を出て、事務所に行ったり遠方の裁判所に出向いたり、仕事の時間も休日も不規則だ。毎朝家を出る時に「行ってきます」と声をかけると、お母さんは眠そうに布団に顔を埋めたまま、「行ってらっしゃい」ともごもご言う。

おばあちゃんがいた時は一緒に夜ご飯を食べていたけれど、おばあちゃんが亡くなってからはひとりで食べる日がぐんと多くなった。そのせいか、ご飯は何だか味気ない。今日も結局遠くまで行くのが面倒だったので、マンションのすぐ前にあるコンビニで夕食を調達することにした。

今晩は何を食べようかな。麺類って気分じゃないな。揚げ物って気分でもない。弁当のコーナーにオムライスがあるのを見て、おばあちゃんとお母さん、それから私の三人で食べた最後のご飯がオムライスだったことを思い出す。

『愛梨のオムライスは絶品ね。どこのレストランのオムライスより、愛梨のオムライスが好きよ』

お母さんは上機嫌でそう言ってくれた。おばあちゃんも優しく微笑《ほほえ》んで、『愛梨は本当に料理が上手だねぇ』と褒めてくれた。けれど、それはもう過去のことだ。考えているとどんどん寂しい気持ちになってしまうので、私は足早に鮭弁当を買って家に帰った。

翌日学校の帰り道、授業で使うノートがなくなったので、駅前の本屋に寄った。それから並びにある洋菓子店の前を通りがかった時、店の前の『九月二十日のお誕生日ゆづるくん七才おめでとう！』と書かれているボードを見て、ふと思い出す。

「そっか、明後日はお母さんの誕生日だ！」

忙しいかもしれないけど、一緒にお祝いしたいな。そういえば、今日はお母さん帰りが早いって言ってたっけ。私は鞄から財布を取り出し、千円札を数える。

お母さんは家を空けることが多いので、食費はいつも多めにもらっている。

私はお祝いのケーキを買うのに十分なお金があることを確認し、店に飛び込んで店員さんに声をかけた。

「あの、誕生日ケーキを買いたいんですけど。予約してないんですが、大丈夫ですか？」

「はい、こちらにあるケーキでよろしければ、すぐご用意出来ます。プレートにメッセージは書かれますか？」

「じゃあ『お母さん、お誕生日おめでとう』って書いてください」

ケーキの入った箱を受け取り、弾む足取りで家に向かう。お母さんは生クリームが苦手だから、チョコレートのケーキにした。

うきうきしながら家のドアを開けると、珍しく玄関にお母さんの靴があった。やはり今日は、早く仕事が終わったようだ。

「ただいま！」

私は元気よく部屋へ入る。

だけど私の陽気な様子とは裏腹に、リビングのソファに座ったお母さんは深刻な表情だった。帰って来たばかりのようで、まだスーツ姿だ。

疲れた顔をしているように見える。というよりは、なにやら怒っているようだ。

手に持った紙を私に突きつけ、尖った声で言う。

「愛梨、この順位、どういうこと？　前回のテストより、百位以上も落としてるじゃない！」

私は机の上に置きっぱなしにしていたテストの結果を見て後悔するが、今更どうにもならない。

「それは……そのテストの時は、色々あったから」

そう言えば、おばあちゃんが亡くなった直後のテストで気持ちの整理が出来なかったことを、分かってくれると思った。

けれどお母さんは眉をつりあげ、さらに冷たい声で叫ぶ。

「言い訳はやめなさい！　普段からきちんと勉強してないから、こういうことになるんでしょ。やっぱり前に話してた予備校、見学に行きましょう」

私ははっとして、それを拒否する。

「嫌だ、そんなの行きたくないっ！」

ただでさえお母さんと一緒にいられる時間は短いのに、予備校なんかに通うようになったら、更に一緒にいられなくなってしまう。

そう思った私は必死に抵抗するけれど、お母さんの口は止まらない。

「別に絶対通えって言ってるわけじゃないのよ。見学だけでも行ってみたらいいでしょう？」

「だって行きたくないもん！　勉強なら家で出来るから平気だよ！」

「自分で出来てないからこういう結果になってるんでしょ！　今日だって、どこかに寄り道してたんじゃないの？　そうやって遊んでばっかりいるから……」

予想もしていなかったことを言われた私は、ぎゅっと唇をかみ締め握ったこぶしをふるふると震わせた。

ひどい、お母さん。

私の気持ちなんて、全然考えてくれない。

「……お母さんだって、帰りの時間バラバラじゃない。お昼だったり夕方だったり、深夜だったり。どうして私がちょっと帰りが遅くなった時だけ、そうやって怒られないといけないの⁉」

「お母さんは仕事をしてるのよ！　愛梨は遊んでたんでしょう！」

私は持っていた鞄を投げ捨て、部屋を飛び出した。

「お母さんなんて、何も知らないくせに！」

勢い任せに部屋を出た私は、ケーキが入った箱をその場に落としてしまった。とにかく今はどこか遠くに逃げてしまいたくて、マンションの階段を駆け下りる。

すると後ろから、お母さんが私を引き止める声が聞こえた。

「愛梨！　待って、愛梨！」

私は意地になって、お母さんを振り切ろうとする。

「ほっといてよ。しばらくどこか行ってるから」

「違うの。愛梨、お願い待っ……」

声が途中で不自然に切れ、どさりと何かが倒れた音が聞こえる。

「……お母さん？」

私は不安になって、恐る恐る階段を戻る。そして階段の途中で倒れているお母さんを見つけ、悲鳴をあげた。

「お母さんっ！　どうしたの!?　しっかりして！」

倒れた時に頭を打ったのか、お母さんの頭部からは血が流れていた。私は頭が真っ白になり、何度も何度もお母さんを呼んだ。


その直後、同じマンションの人がすぐに救急車を呼んでくれて、お母さんは病院へと運ばれた。付き添いの私は病院へ行くまでの間、何度も呼びかけたけれど、お母さんは目を覚ましてくれなかった。傷の処置をするため、お母さんは手術室へと直行した。お医者さんが何か説明していた気がするけれど、まったく内容が頭に入って来なかった。

私は廊下にある椅子に座り、手術中の文字が赤く灯った電光掲示板を絶望的な気持ちで見つめていた。さっきまで鳴り響いていた大きなサイレンの音が嘘のように、病院の中はしんと静まり返っている。

病院は昔から大嫌いだ。私の大切な人を、みんな連れて行ってしまうから。

お父さんが交通事故で亡くなった時も、おばあちゃんが病気で亡くなった時も、こうやって病院の廊下にある椅子に座って、じっと待っていた。

永遠に続くような時間を、ただ座って待っていることしか出来ない。

──お母さんが戻ってこなかったら、と考えると……怖い。

涙が次から次へと溢れて、恐怖で全身がカタカタと震えた。

お母さんがいなくなってしまったら、私は本当にひとりぼっちになってしまう。

今さら考えても仕方がないと分かってはいても、後悔ばかりが浮かんでしまう。

もっときちんと話せばよかった。怒って家を飛び出したりしなければよかった。

お母さんが仕事で疲れていることなんて、分かりきっていたのに。こんなことになるなら、誕生日ケーキなんて買わなくても、一緒にいる時間をもっと大事にすればよかった。

何もなくたっていいから、お母さんと少し話せればよかった。一言、誕生日おめでとうって、そう言いたかっただけなのに。あの時私が怒って飛び出したりしなければ、お母さん、階段から落ちたりしなかったのに。

「お願い……誰か、お母さんを助けて……」

ぎゅっと目をつぶり、両手を握りしめる。

その瞬間、どこかからチリン、と鈴の音が聞こえた。

──鈴の音？　どうして病院で鈴が？

驚いて目を開けると、次の瞬間、なぜか私は真ん丸な月に照らされ、地面に座っていた。

「え？　何、ここ、どこ……？」

どういうことなのか、まったく理解出来ない。

ついさっきまで、病院の廊下にある椅子に座っていたはずだ。もちろん外になんて出ていない。

私は立ち上がり、キョロキョロと辺りを見渡す。私がいるのは、竹林《ちくりん》に左右を囲まれた道だった。中央だけはかろうじて人が通れるよう、石畳みが敷かれている。

どこまでもどこまでも、青々とした美しい竹林の道が延々と続いていて、ほんの数秒前までいた病院はどこにも見当たらない。

「何で？　どうして私、こんな場所にいるの？」

すごく綺麗な場所だ。怖いくらいに。夢でも見ているんだろうか。

私は理解不能な出来事に混乱しながらも、とにかく病院に戻らないと、と来た道を戻ろうとした。後ろを振り返ってみると、薄暗くて気味が悪い。どんどん暗闇が広がっていくみたいだ。どうやら前に進むしか道はないようだ。早足で、ひたすら前へ前へと進む。

ひんやりとした空気を感じながら、細い石畳の道を歩く。どれだけ歩いても周囲は背の高い竹ばっかりで、その不気味さに心がざわざわする。そしていつからか、私を追いかけるように、チリン、チリンと鈴の音が聞こえた。

また鈴の音だ。しかしこんな異様な状況にも関わらず、私は落ち着いていた。

こういう不思議な出来事には、人より慣れている。幼い頃は、よく『人成らざるもの』を見てきた。幽霊やお化けや、正体が何だか分からないもの。おばあちゃんも、そういうものが見える人だったらしい。最近はほとんどそういうものを目にしなくなってきたから、力が薄れてきたのかと思っていたけれど……。

そこまで考えた時、永遠に続くと思われた竹林の道に、終わりが見えた。今までとは明らかに違う風景が広がっている。竹林の道の向こうには、川の上にかかる美しい朱塗《しゅぬ》りの橋があった。そしてその橋を越えた場所に、何かの店がある。

「お店？　人がいるんだ！」

私は声をあげて、走って橋を越えた。

朱い橋を渡った先には、和風の料理店がひっそりと立っていた。老舗《しにせ》の温泉旅館を思わせる、少し高級感がある、落ち着いた雰囲気の店だ。一番目立つ場所に、木製の看板がかかっていて、そこには『白露庵《はくろあん》』と書かれていた。

「白露、庵？」

そう呟いた瞬間、頭の奥がずきりと痛んだ。何だかとても懐かしい響きだ。

私が店の入り口で立ち尽くしていると、ガラッと音がして、扉が開く。

そして、嘘みたいに綺麗な男の人が現れた。

腰まで伸びた、銀色の美しい髪。聡明そうな金色の瞳に、すっと通った鼻筋。

彼の肌は人形のように真っ白で、陶器《とうき》のように滑らかだった。服装は和服だ。漆黒《しっこく》の着物と白い袴の上に、深い紫色の羽織を重ねている。羽織には金色の糸で模様が描かれていて、上品だな、とつい見とれてしまった。

でも一番気になるのは、白露さんの頭から、ぴょこんと真っ白な耳が生えていることだ。それにふわふわの大きな尻尾が、四本も。彼は私を見て驚いたように目を見開き、しばらく固まっていた。

「あなたは……」

彼の様子に戸惑い、私は問いかける。

「あの、どこかでお会いしたことが？」

そう問いかけると、彼は薄く微笑んで首を振る。

「いえ、何でもありません。初めまして、天龍愛梨さん」

そうだよね。こんなに綺麗で珍しい人、会ったことがあれば絶対に忘れないし。

「どうして私の名前を知っているんですか？」

そうたずねると、白露さんは意味ありげに唇を上げる。

「お客様のことなら、何でも知っているんですよ」

お客様？　私は客なんだろうか。

けれどそれより何より、気になるのはやっぱりふわふわの耳と尻尾だ。

「あの、耳と尻尾が……！　かわいいですね！　それ、本物ですか!?」

最初は毛皮のアクセサリーでも着けているのかと思ったが、彼の尻尾は動物のそれのように、ふわふわと自由自在に動く。私が思わず手を伸ばすと、彼は呆れたように口をへの字にした。

「変わっていますね、あなた」

「そうですか？」

「私のようなあやかしを見れば、大抵の人間は気味が悪いとか、怖いとか言うんですけどね」

やっぱり彼はあやかしなんだ。

「全然、気味が悪くなんてないですよ？　とってもかわいいですけど……。それに私、昔から狐が好きですし」

すると彼は、なぜか意味ありげに復唱した。

「なるほど。昔から、ですか」

「はい」

暢気《のんき》に世間話をしていた私は、はっと今の状況を思い出し、彼に訴えた。

「そうだっ、私、今すぐ病院に戻らないと行けないんです！　お母さんが意識不明で、それで、あの、手術中で、終わるのを待っていて……！」

お母さんが真っ青な顔で倒れていたのを思い出し、また恐怖が蘇る。

「あの、……お母さん、階段から落ちて……それで……」

言っている途中でぼろっと涙がこぼれて、声が震えた。

「わ、私のせいで、お母さんが死んじゃったらどうしよう……！」

一度こぼれ出すと、涙は堰《せき》を切ったように溢れ出す。彼はそんな私を落ち着かせるように、優しい声で言った。

「ご安心ください。当店では、お客様が後悔している時間をやり直せる料理をお出ししています」

「時間を……やり直せる？」

「はい。ここはあやかし思い出食堂、白露庵。申し遅れましたが、私は店長の白露と申します」

「はくろ、さん」

名前を呼ぶと、なぜか胸がきゅうっと切なくなった。

どうしてだろう。この名前を口にすると、やっぱりとても懐かしい気持ちになる。

ぼんやり立っていると、店内の席に座るようすすめられた。

そして白露さんは、私にメニューを差し出した。

ドキドキしながら、そこに書いてある文字を読む。


～白露庵メニュー～

・過去には一度しか戻れない
・生死に関わることは変えられない
・人を不幸にしてはいけない

想像していたメニューとは、ずいぶん違う。

「これは一体？」

「当店で思い出の料理を食べれば、過去に戻ることが出来ます」

それを聞いた私は、ガタッと席から立ち上がる。

「それなら、お母さんとケンカする前に戻れる!?」

「えぇ、戻れますよ。ただしこちらにも書いてある通り、ルールが三つあります。過去に戻れるのは一度きり。そして人の生死にかかわる過去の改変は出来ません。だからあなたの母親が死んでしまう運命なら、過去に戻ろうとそれを変えることは出来ません」

「それって、結局お母さんは死んじゃうってことですか？」

想像した途端、悲しくなって涙が出そうになる。

白露さんは少し呆れたように眉を寄せ、グラスに入った水を差し出した。

「まぁ、とにかく最善を尽くしましょう。少々お待ちください。料理をお持ちしますので」

私は水を飲み、そわそわしながら彼を待った。

過去に戻れるなんて、本当かな……。普通なら絶対信じられないけど、白露さんは間違いなくあやかしのようだし。

やがて白露さんは、私の前に楕円《だえん》形の白いお皿を置く。

「お待たせいたしました。こちらが思い出の料理でございます」

私はその料理を見た瞬間、驚いて溜め息をもらした。

「これ、私が作ったオムライスにそっくり」

オムライスはうっとりするほど綺麗な黄色だ。

卵にかかっているのは、真っ赤なケチャップ——ではなく、茶色のとろりとした餡《あん》としめじ、それにねぎと海苔だ。

これって、もしかして……。

のんびりご飯なんて食べていていいんだろうかと思いつつ、とっても美味しそうな香りに、ついつい手が伸びる。オムライスを見ていると、さっきまではそうでもなかったのに、急にお腹が減ってきた。せっかく作ってもらったのに、食べないのも悪いし。私は手を合わせ、いただきますと呟いてスプーンを手に取った。

綺麗に巻かれたオムライスにスプーンで切れ目を入れると、真っ白な湯気がほくほくとあがる。卵は絶妙な半熟で、ふわっふわのとろとろだ。一口食べると、口の中にバターの香ばしい香りと、ポン酢の酸味が広がる。

「美味しい！」

卵の下からは、鶏肉とタマネギの入ったライスが覗いている。

それもぱくりと食べると、シャキシャキとした野菜の食感としっとりしたご飯が絶品だった。私は驚いて、白露さんに問う。

「あの、これ……オムライス、やっぱり私の味付けと同じです！　ポン酢と出汁で、和風にしてある！」

白露さんは得意げに微笑み、小さく首を引いた。

「えぇ、あなたの思い出の料理ですからね」

そう、我が家の定番は、とろりとした和風出汁の餡をかけた、オムライスだ。これは昔、お父さんが私に作ってくれたレシピを引き継いでいる。

白露さんが、一体どうやってこのレシピを知ったのかは分からないけれど、これは確かに天龍家ならではの、思い出の料理だ。

自分の舌に馴染んだ味に心がぽかぽかと温まるのを感じながら、オムライスを完食し、私は幸せな気持ちでスプーンを置く。

「ごちそうさまです。とってもおいしかったです。私、最近ずっとひとりで夜ご飯を食べていたから、さみしかったんです。やっぱり誰かと一緒のほうがおいしいですね」

それを聞いた白露さんは、素っ気ない様子で「そうですか」と呟く。

その直後、眩《まばゆ》い光に包まれ、私はその中へと飲み込まれていった。

過去をもう一度

「あれ？　ここどこ？　私の部屋？」

最初は病院にいて、その次は白露さんのお店にいたはずなのに、なぜか私は自分の部屋のベッドで寝ていた。

それにさっきまでは高校の制服を着ていたはずなのに、パジャマ姿だ。側《そば》に置いてあったスマホを手に取ると、朝の七時半だった。

……夢を見ていた？

私が混乱していると、寝室からお母さんの声が聞こえた。

「愛梨、早くしないと遅刻するわよー」

私は素早く起き上がり、お母さんの部屋まで走っていく。そして勢いよく扉を開く。

お母さんはスーツ姿で、仕事へ向かう準備をしていた。突然部屋に入ってきた私を見て、目を丸くする。私はお母さんにガバッと抱きついた。

「お母さん！　ケガ、大丈夫なの!?　どこも痛くない!?」

「ケガ？　どこもケガなんてしてないわ。何寝ぼけてるの？　それより愛梨、まだパジャマじゃない！　さっさと用意しなさい、遅刻するわよ」

私は生返事をして、不思議な気持ちで自分の部屋に戻る。お母さんが無事で、本当によかったけれど……。夢にしては、病院に行くところや竹林の道、あのほかほかなオムライスなど、ずいぶんリアルだった。

「……全部夢だったのかなぁ」

「夢じゃないですよ」

突然背後から声が聞こえ、振り返る。なぜか私の部屋に、白露さんが立っていた。

「きゃーーーーーーーーーーーーっ！」

白露さんは煩《わずら》わしそうに真っ白な耳を塞ぐ。

「五月蠅《うるさ》いですねぇ」

「だってだってだって、白露さん、どうしてここにいるんですか!?」

「言ったでしょう。過去に戻ってきたんです。私はあなたのサポートをするため、付いて来ました」

「ここって過去、なんですか？」

私はにわかに信じられず、もう一度スマホを確認する。

すると確かに日付は、九月十九日だった。ケーキを買う時に、その日が九月二十日だったのを、確認している。もしスマホがおかしくなったのでなければ、今日はお母さんとケンカする前の日ということになる。私はリビングに移動し、テレビをつけてみた。

やっぱり日付は九月十九日だ。それにニュースも、昨日の朝やっていた特集を放送している。遊園地の最新アトラクションを解説していて、遊びに行きたいと思ったからよく覚えている。

「本当に過去に戻ったの？」

だとしたら、大切なのはここからだ。これからどう行動するかしっかり考えないと、お母さんとまたケンカになってしまう。

「あの、私は一体何をしたらいいんですか？」

「それを決めるのはあなたですよ」

そう言って、白露さんは真っ白な尻尾をふにふにと動かす。家に白露さんがいる違和感が凄まじい。私は腕を組んで悩んだ。

「って言われても、過去に戻るのなんて初めてで」

「そうでしょうね。皆さんそうですよ」

お母さんは慌ただしく準備をすませ、玄関へ走って行く。

「今日は早く事務所に行って書類仕事を全部終わらせるつもりだったのに、寝坊したわ。間に合うかしら。愛梨、今日も多分帰り遅いから」

「はーい、行ってらっしゃい」

無事にお母さんを見送った私は、改めて過去のこの一日をどう過ごすかを考える。

私には、ひとつ確かめたいことがあった。

弁護士は時間が不規則で、精神的にも疲れる仕事だ。帰宅したお母さんは、いつもぐったりした様子だ。あまりにも疲労困憊《こんぱい》だった時期に、仕事は辛いのと聞いたことがある。するとお母さんは、「辛いことももちろんあるけど、愛梨の学費だって稼がなきゃいけないいし、頑張らないと」と薄く微笑んだ。

お母さんが私のために辛い仕事をしているのだとしたら、無理をしないでほしい。それがずっと気がかりだった。

「普通だったら、学校へ行くのがいいんでしょうけど……お母さんがどんな風に仕事をしているのか、見てみたいなって思うんです」

白露さんは手に持っていた扇子《せんす》を閉じ、ふむ、と呟く。

「だったら尾行してみればいいんじゃないですか？」

「尾行って……お母さんをですか？」

白露さんはこくりと頷く。

そこで私は学校に電話をかけ、体調不良で休むと担任の先生に伝えた。

「でも後をつけても、すぐにバレちゃいそうです」

すると白露さんは、懐から小さな瓶を取り出した。そしてコショウを料理に振りかけるみたいに、中に入っている粉をパッパッと私の身体に振りかけた。

「ちょっ、白露さん何ですかこれ！」

「姿を消してあげました。これであなたの姿は誰にも見えません」

「姿を消すって……」

そう言われて、私は部屋にある鏡の前に立ってみる。

すると本当に、私の姿は鏡に映らなかった。

「すごい、透明人間になったみたい！」

「これを使っている間は、誰にもあなたの姿は見えませんし、声も聞こえません。そしてもちろん、触れられません」

「これで堂々と尾行出来ますね！」

私はうきうきしながら外に出る。

誰かとすれ違っても、手を振ってみても、全くこちらに気付く気配はない。

「私、学校をサボるのなんて初めてです！」

「それはよかったですね。今日は赤飯だ」

「でもどうやってお母さんの事務所まで行けばいいんでしょう？　電車に乗ればいいんでしょうか？」

そうたずねると白露さんは溜め息をついて、私をお母さんの職場の法律事務所まで瞬間移動させてくれた。

事務所に到着すると、時刻は朝の八時になっていた。

「へぇ、法律事務所ってこういう所なんだ」

少しだけ学校の職員室に似ている。お母さんは自分の机の周囲を掃除している。それからデスクで今日の予定を確認し、メールを返して、山積みの書類とにらめっこした。

しばらくすると、数人が出社してきた。後輩の弁護士らしき人にアドバイスをしたり、事務員の人に書類の作成を手伝ってもらう指示を出したり、お母さんはずっと忙しそうな様子だった。

十時になると書類を片付け、他の部屋へと移動する。

「お母さん、誰かと会うんでしょうか？」

「法律相談の時間だって言ってましたよ」

白露さんは耳がいい。お母さんが向かったのは、応接室のようだ。大きな机と黒い椅子が四脚、それに観葉植物が置かれた落ち着いた色合いの部屋だった。応接室では、恰幅《かっぷく》のいいおばさんが待っていた。

「初めまして。本日担当させていただきます、天龍すみれと申します。今回は、遺産相続のご相談ということで……」

お母さんが話を切り出すと、相手は興奮したように身を乗り出した。

「そうなの、そうなのよ！　夫の愛人だっていう女が、いきなり出て来て遺産は自分の物だって言い出したのよ！　厚かましいにもほどがあるでしょう！」

お母さんは書類に目を通しながら答える。

「民法上では、原則として愛人や内縁の妻は、法定相続人にはなれません。ただ、今回は愛人とその子どもに遺産を相続するという遺言状が残っているということで、その場合は……」

「そんなの無効でしょ!?　無効っ！　相続の権利は私にあるんでしょ!?」

おばさんは、もの凄い剣幕だ。

「もちろん遺産相続の権利は通常奥様とお子様にあります。ただご主人が愛人のお子さんを認知していた場合、非嫡出子にも相続する権利が」

「あの泥棒猫、夫の遺産を全部盗み取ろうとしているのよーーーーー！」

「落ち着いてください！」

お母さんは必死に興奮したおばさんをなだめようとしている。

白露さんは扇子ではたはたと顔を扇《あお》ぎながら、愉快そうに笑った。

「まるで昼ドラみたいですね。人間は、本当に見ていて飽きません」

白露さんが昼ドラを知っているなんて意外だ。というかあやかしって、テレビを見るんだろうか。

相談者のおばさんは、時間いっぱいまで喋り倒していた。その後お母さんは自分の机に戻り、ぐったりした様子でサンドイッチを食べる。

「お母さん、だいぶ疲れてる……」

「まともに会話が成立していませんでしたからね。あのマシンガントークの相手をみっちり二時間もするのは、さぞお疲れでしょう」

それからお母さんはまた書類を作成し、十四時になると車で移動して裁判所へ向かった。てっきりドラマのように検事の人と激しい弁論を繰り広げるのかと思ったけれど、書面を提出して数分で、あっさりと仕事は終わってしまったらしい。

その後お母さんは、また車に乗ってどこかに移動する。どうやら暴行事件で逮捕された犯人を弁護するため、拘置所《こうちしょ》に向かっているようだ。

「暴行事件って、そんな人に会って大丈夫でしょうか？」

私はハラハラしながらお母さんの様子を見守った。面会は、穴の空いたアクリル板で仕切られた部屋で行うようだ。依頼人は、若い男性だった。二十代前半くらいだろうか。茶髪でぶすっとした顔をしている。この人が暴行事件で捕まった人か。そう思うと、怖く見えてきた。男性は虚《うつ》ろな表情で、お母さんの方を見ようとしない。猫背で椅子に座り、じっと足元を眺めている。

お母さんが自己紹介し、事件のことを聞こうとしても、男性はまともに口を利こうとしなかった。

「あんた、弁護士か……どうせ俺の言うことなんて、誰も信じてくれねぇ。このまま有罪になって、犯罪者になっちまうんだろ」

お母さんは少し考え、それから落ち着いた様子で問いかける。

「あなたは本当に彼を殴ったんですか？」

すると男性は立ち上がり、大声で反論する。

「殴ってなんかねぇよ！」

「分かりました。あなたは何もしてないんですね？」

お母さんは依然として落ち着いている。すると、男性は声のトーンを落とし、ぽつぽつと喋り始めた。

「何もしてない。だけど、証拠があるって言われて、取り調べでもずっとお前がやったんだろって責められて。これ以上、どうしようもないんだろ」

それを聞いたお母さんは、真剣な声で彼を説得する。

「私はあなたの代理人です。他の人間にどう言われようと、そんなことはどうでもいいんです。真実を明らかにするのが、私の仕事です」

それを聞いた男性の表情に、少しだけ希望の色が浮かんだ。

「誰も俺の話なんて聞いてくれないのに。あんたは、俺のことを信じてくれるのか？」

お母さんは深く頷いた。

「もちろんです。私はあなたのことを信じます。だから、あなたも私のことを信じてください。弁護士と依頼人が互いに信頼しあっていないと、あなたを守ることが出来ません。私はあなたの無実を証明するために、ここに来ました。だから何があったのか、私に話してくれませんか？」

その言葉が男性の胸を打ったのか、彼はありがとうと言いながら頭を下げ、涙を流す。逮捕されて閉じ込められてから、ずっと誰にも信じてもらえず、苦しい思いをしてきたのだと、感情を吐露《とろ》した。お母さんは彼と接見《せっけん》している間、最後まで真摯《しんし》に彼の話を聞いていた。

十七時になるとまた事務所に戻り、資料をチェックしている。どうやら過去の判例を集め、どうすれば有利に裁判をすすめられるか対策を立てているらしい。

それが終わると少しだけ休憩を挟み、また事務仕事だ。

「天龍さん、お疲れ様です。まだ帰らないんですか？」

パソコンと睨めっこしていたお母さんに声をかけたのは、若い男性だった。

これまでの会話の内容から察するに、新人の弁護士のようだ。年はおそらく二十代後半くらいで、鳴海《なるみ》さんというらしい。明るくて声にもハリがあり、真面目そうな雰囲気の男性だ。どことなく柴犬に似ている、と言ったら失礼だろうか。

いつの間にか、事務所に残っているのはお母さんと鳴海さんのふたりだけになっていた。お母さんはキーボードを打っていた手を止め、彼に向かって微笑んだ。

「うん、あともう少しで書類の作成が一段落するから。私が鍵を閉めておくわ」

鳴海さんは少し迷った後、緊張した様子で続ける。

「俺、天龍さんが終わるまで待ってるので、よかったら、どこかで食事でもして帰りませんか？」

お母さんは少し驚いたように瞬きをする。

「最近、近くに美味《うま》いイタリアンの店が出来たって聞いて、気になってて」

「あぁ、アシスタントの立花《たちばな》さんも話していたわね」

そう言ってから、くすりと声をたてて笑う。

「でも誘うなら私みたいなくたびれた干物女じゃなくて、立花さんみたいな若くてかわいい子にすればいいのに」

鳴海さんは慌ててそれに反論した。

「そんな、天龍さんは干物なんかじゃありません！　いつも仕事熱心で、自分の意見をちゃんと言えて、依頼人のために頑張っていて……すごく、尊敬しているんです。俺、天龍さんに会えたから、この法律事務所に来てよかったなって思っていて」

途中で恥ずかしくなったのか、彼はバツが悪そうに顔を逸らす。

「すみません、何言ってるんだろう」

「私、そんなすごい人間じゃないわよ。表には出さないようにしているけれど、仕事だって、本当にこれでよかったのかって、悩んでばかりだし」

それを聞いた鳴海さんは、決心したように真剣な表情でお母さんに向き合った。

「天龍さん」

「はい」

「もしよかったら、俺と付き合ってくれませんか」

「えっ!?」

突然のことにお母さんは相当驚いている様子だ。考えたこともなかったという顔をしている。

「急ですみません。でも、ふざけているわけじゃないんです。いつも天龍さん、ひとりで色々抱え込んでそうで。俺まだまだ新人だし、頼りないかもしれないですけど。天龍さんの支えになれたらって、思ってるんです」

白露さんは扇子をパタパタ扇ぎながら、楽しそうに口元をあげる。

「なんだか良い雰囲気ですねぇ」

動揺した私は、思わず鳴海さんの前に飛び出した。

「ちょっ、ちょっとあなたどういうこと!? お母さんに変なこと言わないでよ！ 離れてよー！」

そう言って彼の服を揺さぶるが、もちろん鳴海さんに私の姿は見えないし、声も聞こえない。

でも考えてみれば、お父さんが死んでからもう十年以上経つ。お母さんが恋人を作ることや再婚を考えたって、おかしくない。

もし鳴海さんとお母さんが結婚することになったら、彼が私のお父さんになるのだろうか。想像してみても、今ひとつピンとこなかった。

お母さんはしばらく考えた後、やわらかく微笑んだ。

「鳴海君、ありがとう。支えになりたいって言ってくれたけど、私はいつもあなたに助けられているわ」

「そんな……」

お母さんは少し視線を落とした後、笑って続けた。

「だけど、ごめんなさい。私はまだ亡くなった夫のことを、愛しているの。だからあなたと付き合うことは、出来ません」

鳴海さんは人の良さそうな笑顔でそれに頷く。

「何となく、そう言われるんじゃないかって思っていました。俺のことは気にしないで、普段通りの天龍さんでいてくださいね」

話が終わると、彼は失礼しますとお辞儀をして事務所を出て行った。

意外な場面を目撃してしまった。

白露さんはつまらなそうに扇子を扇ぐ。

「なんだ、意外とあっさり引き下がりますねぇ。もっとドロドロすると楽しいんですが」

「白露さんはうちのお母さんを何だと思ってるんですかっ！」

お母さんはしばらくするとまた仕事を再開した。


二十二時になると、誰もいなくなった事務所の戸締まりをして、ようやく帰宅出来るみたいだ。お母さんが家に到着する頃には、二十三時近くになっていた。

私はいつも、ひとりで食べるごはんは味気ないと思っていた。けれど、お母さんがこんなに忙しい毎日を送っているなんて、知らなかった。

「ただいまー。愛梨、もう寝たのー？」

返事をしたいのは山々だったけれど、まだ透明になる粉の効き目が切れていないので、黙ってやりすごした。いつもだったらこの時間に帰宅したお母さんを見ることは出来ないので、私はこっそりリビングを覗いてみる。

するとお母さんは、珍しく缶ビールを飲んでいた。家ではあんまりお酒を飲まないのに、珍しい。

そしてもっと驚いたのは、缶ビールの前にお父さんの写真が入った写真立てが置かれていることだ。普段は窓際にある写真立ての向きが時々変わっているのは、お母さんが触っていたからなのかな。お母さんは写真に向かい、今日あったことを報告している。

「あーーーー、疲れたー。今日も大変だったよ。特に暴行事件の依頼者の罪を晴らすのは、なかなか難しそう」

そう言ってお母さんは、ちびりちびりとビールを飲む。

「でも、頑張らないと。私はあの人の味方なんだから。目撃証言に不十分なところがあってね。そこから崩せるかも……」

お母さんはビールを飲みながら、ぽつぽつと言葉を続ける。

「それにあなたに話すと怒られるかもしれないけれど、職場の人に付き合って欲しいって言われたわ。断ったけどね。まったく想像もしてなかったから、びっくりした。前にね、愛梨に父親が必要かもって、再婚したほうがいいのか、考えたこともあるわ。でもあなた以外の人と結婚するって、やっぱり何だか想像出来ないのよね。そんなことを言ってるうちに、愛梨ももう高一かぁ。愛梨にも好きな人がいたり、そのうち恋人が出来たりするのかしら？」

お母さんは眉をひそめ、お父さんの写真に顔を寄せる。

「もしかして、私に内緒でこっそり恋人を作ってるなんてこと、ないわよね？」

私はそんな人いないよ、と首を振る。

「愛梨もいつか、結婚してこの家を出て行っちゃうのよね。まだ気が早いかもしれないけど、きっとあっという間よね。誰かに愛梨をとられちゃうのは寂しいけど、愛梨が選ぶ人なら大丈夫ね。愛梨は優しいし、人の気持ちを考えられる子だから。寂しい思いをさせているはずなのに、文句を言わずに頑張ってるわ。最近の愛梨、あなたにそっくりな気がするのよ。顔立ちもそうだけど、性格がとくにね。ちょっと抜けてるけど、すごくいい子に育ったでしょう？」

そう呟きながら、お母さんはそのまま机で眠ってしまった。

「いつもこうやって話しているんですか？」

白露さんに問われ、私はそれを否定する。

「知りませんでした……」

今、初めて知った。お母さんは今までもこんな風に、時々お父さんに対して、その日あったことを報告していたのだろうか。お父さんの写真に向かって微笑みながら眠るお母さんは、とても幸せそうだった。

白露さんはそんなお母さんの姿を見て、私に問いかける。

「よく分かったんじゃないですか？　あなたのお母さんはやりたくない仕事を、嫌々やっているわけではなさそうです。彼女は、自分の仕事に誇りを持っている」

「はい」

私はその言葉に、深く頷いた。その通りだと思った。

お母さんは忙しそうだけど、依頼人のために、一生懸命頑張っていた。初めて会った人だとしても、その人の言葉を信じ、守ろうと行動していた。私はその姿に感動したし、私もお母さんのように、誰かのために頑張れる人になりたいと思う。

「それにあなたのお母さんは、今でもあなたのお父さんを深く愛しているのですね」

白露さんは柔らかく微笑み、私の目を見つめた。それから白い指先で、私のことを指さす。

「もちろん愛梨、あなたのことも」

私はその言葉にも、元気よく返事をした。

「はいっ！　過去に戻って良かったです。一緒に暮らしていても、分からないことがたくさんあるんですね」

私は幸せな気持ちでいっぱいになりながら、自分の部屋に戻った。

「あとはテストの結果さえ見つからなければ、ケンカにならないと思うんです。前の時は結果が書かれた紙をリビングに置きっ放しにしていたから見つかっちゃったけど、今回はちゃんと筆箱に戻しておきます！　これで大丈夫です！」

白露さんは扇子でパタパタと顔を扇ぎながら、目を伏せる。

「……そう上手くいくでしょうか」

幸せになるためのレシピ

白露さんは時間を飛ばすことが出来るらしいので、あっという間に翌日の朝になる。

前回と同じように学校へ登校し、テストの結果を先生から渡される。昨日欠席したことについてたずねられたけど、軽い体調不良だと答えておいた。

帰り道、ケーキ屋さんの前を通りがかり、少し迷ったけれど、前回と同じように誕生日ケーキを買って帰宅した。

やはりお母さんの仕事が終わるのも早く、リビングでは既にお母さんが座って待っていた。今のところ、順調だ。あとはケンカにならなければ、お母さんが病院に行くこともない。しかしリビングに入った瞬間、私は計画が失敗する予感がした。

お母さんは、なぜかすごく怒っている。私の顔を見た瞬間、尖《とが》った声で問い詰めた。

「愛梨、昨日学校を休んだって本当？」

「ど、どうして知ってるの!?」

予想外の展開だ。まさか、学校を休んだことがバレるなんて。

「スーパーで買い物した帰り、ゆうちゃんのお母さんに会ったのよ。昨日休んでいたみたいだけど、愛梨ちゃんの具合はどうって聞かれて、お母さんびっくりしちゃったわ。どうして昨日学校に行かなかったの？　体調が悪いわけではないのよね？」

「それは……」

自分の運の悪さを呪う。まさか偶然友だちのお母さんと会って、休んだことを知られるなんて。透明になってお母さんを尾行していたから、なんて言えないし、言っても絶対に信じてもらえない。私が口ごもっていると、お母さんは続けて言った。

「それと、テストの結果、戻って来たんでしょう？」

「えっと、それは……その、なくしちゃって……」

「嘘つきなさい！　いいから、見せてみなさい！」

ぴしゃりと言い切られると誤魔化すわけにもいかず、私はしぶしぶテストの結果を差し出した。

結果の用紙を見て、お母さんはさらに険しい表情になる。

「ひどい結果ね……前回より百番以上落としてるじゃない。一体何があったの？」

どうしよう。これじゃ前回とまったく同じだ。

どう言えば、お母さんを怒らせずにすむんだろう。混乱して、頭の中が真っ白になってしまった。考えていると、お母さんは呆れたように溜め息をつき、椅子から立ち上がる。

「何も話したくないなら、もういいわ」

「違うの、聞いてお母さん！」

「愛梨が何を考えているのか、分からないわ」

そう言って家の外へ出て、階段へ向かう。私ははっとして、お母さんを引き留めようとした。

「待ってお母さん！　お願い、ちゃんと話すから！」

私は必死にお母さんを止めようとするけれど、お母さんは私の手を振り払う。

「買い物に行ってくるから、放っといて」

「違うの、ダメなの！」

「何を言ってるの!?　愛梨、離しなさい！」

その瞬間、お母さんはぐらりとバランスを崩し、階段から足を踏み外す。

「お母さんっ！」

咄嗟《とっさ》に手を掴もうとしたけれど、間に合わなかった。お母さんは階段に倒れ、頭からは真っ赤な血が流れ落ちる。

「お母さんっ、やだ、お母さん、目を覚まして！」

私の叫び声を聞き、近くの部屋の人が救急車を呼んだ。

気が付くと、私は病院の廊下で座っていた。

顔を上げると、手術中という真っ赤なランプが目に入る。前回も見た光景に、不安で胸が締め付けられ、涙がぼろっとこぼれる。

ダメだ、何も変わらなかった。せっかく白露さんに手伝ってもらったのに、結局前回と同じ結果になってしまった。

「白露さん……私……」

そう話しかけようとしたが、気が付くと、白露さんの姿が見当たらない。

「あれ？　白露さん？　いなくなっちゃったんですか？」

彼を探そうとした、その瞬間。手術中のランプが、ぱっと消える。

私ははっとして、手術室から出てきたお医者さんの元へ駆けつけた。怖くてたまらないけれど、それでも結果を聞かないわけにはいかない。

「あの、お母さんはどうなったんですかっ！」

手術をしたお医者さんは、私に状況を説明してくれた。お母さんは頭を切っていたから、傷口を何針か縫ったこと。過労で気絶したけれど、そんなに重傷ではないこと。今は疲れもあって眠っているけれど、すぐに意識を取り戻すということ。

「じゃあお母さん、死んだりしないんですか？」

そう問いかけると、お医者さんは大きく頷いてくれた。

「もちろんです。大丈夫ですよ」

私は少しだけほっとした。それからお母さんは、病室に移動することになった。頭をぶつけているから念のため検査をする必要があるということで、今日は入院するらしい。看護師さんに家に誰もいないと話すと、今日は特別に泊まりで付き添ってもいいと許可をもらえた。

私はベッドの横に椅子を置いて、お母さんが目を覚ますのをずっと待っていた。お母さんは目の下に隈があるけれど、穏やかな顔で眠っている。

頭を覆う包帯が痛々しいけれど、命にかかわるようなケガではなかったようだ。お医者さんには心配いらないと言われたけれど、それでも不安はまだ完全には消えなかった。

手術が終わってから、どのくらいたったのだろう。椅子に座ってうとうとしていた私は、誰かに名前を呼ばれて目を覚ました。

「愛梨」

それがお母さんの声だと気付き、私は一瞬で意識を覚醒《かくせい》させる。

「お母さん！　大丈夫!?　痛くない!?」

お母さんは私の手を握り、落ち着いた声で話した。

「うん、平気よ。心配させたわね。手術前に聞いたけど、ただの過労みたい。最近寝不足で、ふらついて倒れちゃっただけなの。頭のケガも本当に小さいし、もう縫っちゃったから平気よ。血がいっぱい出たから、びっくりしたでしょう」

それを聞いた途端、全身の力が抜けてその場にへたりこむ。

「……愛梨？」

気が付くと、瞳からボロボロ涙がこぼれていた。

「ごめんなさい……。お母さん、ごめんなさい」

「どうして謝るの？」

「私のせいで、お母さんがケガしちゃったから」

「愛梨のせいじゃないわ。謝るのは私の方よ。愛梨、ごめんね。お母さん、愛梨がいつも頑張ってるの知ってたのに。家のことだって任せきりで、私に愛梨を怒る資格なんてない。母親失格ね」

私はぶんぶんと首を横に振った。

「あのテストも、よく考えたらおばあちゃんが亡くなってすぐの時期だったのね。どうしてそんな大切なことに、気づけなかったのかしら」

もう大丈夫だと分かって安心したのか、いつまでたっても涙は止まらなかった。

私は泣きじゃくりながら、途切れ途切れに言葉を紡ぐ。

「よかった……お母さん、死んじゃうかと思った」

「うん」

「ひ、ひとりになっちゃうって思って。怖かったよぉ……」

「大丈夫よ。何があったって、愛梨を置いていったりしないから」

お母さんは私が泣き止むまで、ずっと手を握っていてくれた。

私が泣き止んだ後、お母さんは落ち着いた様子で、ゆっくりと話してくれた。考えてみれば、こんな風にお母さんとふたりでのんびり話をする機会も、最近なかった。

「お母さん、弁護士辞めようかなって思って」

「えっ、どうして!?」

「だって今の仕事だと、愛梨がひとりになってしまう時間が長いでしょう。だから夕方には帰れるような、始業時間と終業時間がハッキリ決まっている仕事に転職しようかなって」

「いいよ、そんなの！　仕事、辞めたりしなくていいよ」

「だけど……」

「だってお母さん、今の仕事大好きなんでしょう？」

確かに少し前までは不安だったし、寂しかった。だけどお母さんが頑張って仕事をしている姿を自分の目で見てきたから、もう不安はない。

お母さんが仕事に誇りを持っていること、私やお父さんのことを大切に思っていることがはっきり分かったから、大丈夫。心から、応援出来る。

「私、頑張ってるお母さんが好きだから。だから、応援したいんだ」

そう伝えると、お母さんは嬉しそうに目を細めた。

「愛梨……ありがとう」

「あのね、お母さん。大好き」

そう言ってお母さんの手を、ぎゅうっと握った。

翌日、お母さんは無事に退院することが出来た。幸い検査結果も問題なしだった。

お母さんは頭部を手術するために部分的に髪の毛がなくなったことを嘆いていたけれど、それでも私は無事に家に帰ってきてくれたことが嬉しかった。

病院からの帰り道、退院祝いとお母さんの誕生日のお祝いを兼ねて、私たちはふたりでケーキを買いに行った。

「お母さん、今日の夜は何を食べる？　お祝いだし豪華にって思ったけど、外食だと疲れるから家で食べる？」

お母さんは答えが最初から決まっていたように、ニコニコ笑いながら言った。

「じゃあ、愛梨のオムライスが食べたいな。お母さん、愛梨のオムライスが大好きなの。作ってくれる?」

私はぱっと顔を輝かせ、もちろんと返事をした。

それから私は、いつもより大きなオムライスを作った。昔お父さんに教えてもらった、和風出汁のオムライス。

お母さんはオムライスを食べながら、美味しそうに目を細める。

「やっぱり愛梨のオムライスが一番ね。あったかくて、懐かしくて……それに食べていると、幸せな気持ちになれるの」

大好きな人が喜んでくれると、私も嬉しい。

オムライスだけでもお腹がいっぱいだったのに、さらにホールのケーキを食べるのは苦しかった。けれど私とお母さんは意地になって、笑いながら全部食べてしまった。

私にできること

ケーキを食べ終わり、私は自分の部屋でうとうととしていた。

するとどこかからチリン、と鈴の音が聞こえた。あ、あの時と同じだ。そう思い目蓋《まぶた》を開けると、いつの間にか、私はあの竹林の道に立っていた。

「この道……！」

空を見上げると、真ん丸な月が夜空に浮かんでいた。

そうだ、白露さんにお礼を言わないと。私は一目散に朱い橋を越え、白露庵の扉を開けた。

「白露さんっ！」

白露庵には、今日も白露さんがいた。銀色の髪と真っ白な尻尾を見て、私はなんだかとても懐かしい気持ちになる。

「よかった、また会えて！　白露さんに、お礼を言おうって思っていたんです」

白露さんは落ち着いた様子で、さらりと言う。

「お代を頂くのを忘れていましたので」

「お代、ですか……」

私はポケットに手を突っ込んで、小銭入れを取り出す。中身はだいぶ寂しい。

「あの、私あんまり持ち合わせがなくって」

「あぁ、大丈夫ですよ。現金で頂くわけではありませんから」

その言葉にどきっとした。白露さんは、狐のあやかしだ。その上、私は過去に戻らせてもらったのだ。相応の代金と考えると、かなり重大な対価を払わなければいけないのでは？　私はもしかして大変なことになったのではと思い、ごくりと唾《つば》を飲む。

「お代って……えっと……まさか、命を奪う、とかそんなのだったりします？」

白露さんの金色の瞳が、妖しく煌《きら》めいた。

「奪われてみたいんですか？」

「嫌です！」

ぶんぶん首を振って否定する。

「冗談です。要りませんよ、人間の命なんて。面倒くさい」

「何だ、びっくりした」

白露さんが私の方へそっと手を伸ばすと、私の身体からふわふわと光の玉のような物が飛んでいく。

まるで蛍みたいだ。白露さんはそれを素早く親指と人差し指でつまみ上げた。光は嫌がるように逃れようとするが、彼は口を開き、ぱくりとそれを食べてしまった。

私は唖然《あぜん》としてその光景を眺める。

「い、今のって……」

白露さんは機嫌良さそうにふわふわと尻尾を揺らし、舌なめずりをして言う。

「今宵も美味しい思い出、堪能《たんのう》させていただきました」

「それって、何なんですか？　今のふわふわが代金なんですか？」

彼はこくりと頷いた。何でも彼の主食は『人間の幸せな思い出』らしい。

一応普通の料理を食べることは出来るが、それでは白露さんの空腹は満たされないと言う。

「へぇ、幸せな思い出が代金なんだ」

「そうです。特に過去の後悔から何かを学び、葛藤の末につかんだ幸せな思い出は、より絶品なのです」

そうか、だから効率よく食事をとるために、この店を開いているんだ。

とか言って、実はさっき食べたの私の寿命だったりしない？

まぁでも一緒にいた時間は短いけど、分かったような気がする。白露さんは、多分いい人だ。人じゃないか。いいあやかし、じゃないかな。なんとなくそんな気がするだけだけど。私がひとりで納得していると、白露さんは意外な提案をした。

「それで唐突なんですが、もしよろしければ、あなた、ここで働いてみませんか？」

「ここで？　ここって、白露庵でアルバイト、ってことですか？」

白露さんはこくりと頷く。

「そうですね。アルバイトというか、まぁ手伝いというか、下働きというか、都合のいい使いっ走りというか」

白露さんはぼそっとした声で続ける。

「夕食くらいなら、まかないとして出すことが出来ますよ」

「夕食、ですか」

いいかもしれない、と思った。だって白露さんの作ったオムライス、とっても美味しかったもん。他の料理だって、絶対に美味しいはず。そう考えると、またお腹が減ってきた。でもそんな理由で簡単に決めてしまっていいのだろうか。私がどうしようか悩んでいると、白露さんはぷいと顔を逸らし、扇子で口元を隠した。

「ひとりで食べる夕飯は、味気ないんでしょう？」

「あ……」

白露さん、私がひとりで夕飯を食べるのが嫌って言ったのを、覚えていてくれたんだ。何だ、素直じゃないけど、やっぱり優しい。

白露さんは懐から小さな銀色の何かを取り出し、私の手の上に落とした。

「これ、指輪ですか？」

「はい。この指輪は、私と繋がっています。これを持ち歩いていれば、いつでもこの場所に来ることが出来ます」

「へぇ、凄い」

私は白露さんにもらった指輪を、きゅっと握り締める。

「じゃあ、私、白露庵で働いてみたいです！　私にどんなことが出来るか、分からないですけど……。精一杯頑張ります！　よろしくお願いしますね、白露さん」

白露さんは何も言わなかった。だけど返事の変わりに、真っ白な尻尾がふわりと嬉しそうに揺れたのを、確かに見た。

＊

私は白露さんにもらった指輪をなくさないように、チェーンに通し、ネックレスのようにして首から下げることにした。あまりにも不思議な出来事で、全部夢だったんじゃないかと思うけれど、その度に指輪に触れ、現実なんだと実感する。

「愛梨、何だか楽しそうね。いいことでもあった？」

向かいの席でコーヒーを飲んでいたお母さんに問われ、私は笑いながら言う。

「あのね、私、やりたいこと見つけたの」

「そうなの」

「あっ……だからたまに帰りとか遅くなるかもしれないけど、あの、勉強とか家のこととか、ちゃんとするから」

するとお母さんは、おかしそうに笑った。

「そんなの気にしなくていいわ。今の愛梨、いい顔してるもの」

「そうかな？」

「えぇ。愛梨はお母さんのこと、いつも応援してくれてるんでしょう。愛梨が考えて決めたことなら、お母さんだってそれを応援するわ」

「ありがとう」

私はとても幸せな気持ちになった。そして今すぐにでも、白露庵に行ってみたくなった。これからすごく素敵なことが始まる予感がする。

とはいえ、まずは学校に行かないと。

私は白露さんにもらった指輪をぎゅっと握りしめ、靴を履いて玄関を飛び出した。

「行ってきます！」

第二話　涙のプロポーズとフランス料理

和田とセイウチ

俺が帰宅すると、家のリビングにセイウチが転がっていた。

セイウチ、トド、ジュゴン——そこらへんの詳しい違いは正直分からない。どれでもいいが、あざらしだとちょっとかわいらしすぎる気がする。

とにかくセイウチは大きな身体、特に腹の部分にでっぷりと肉をたくわえ、絨毯《じゅうたん》の上に転がって、怠《だる》そうにテレビを見ている。時折近くに置いてあるポテトチップスの袋に手を伸ばし、バリバリとそれを食《は》む。

服装はよれよれのパジャマだ。

お互い四十代になったから、多少の体型の変化は仕方ない。実際俺だって腹に肉はついているし、スリムとは言い難い体型だ。

それを棚にあげたとしても、彼女のぐうたら具合はあまりにもだらしない。

俺が帰って来た気配を察したのか、セイウチはこちらを見て、うっとうしそうに眉を寄せた。

「あんた何でそんなところに突っ立ってるの？　晩ご飯、それだから」

テーブルの上に置かれていたのは、カップラーメンだった。お湯を入れれば三分で出来上がる優れものだ。別にラーメンが嫌いなわけではない。

しかし頑張って仕事をして帰って来た自分に、この仕打ち。

目眩《めまい》がするのを感じた。

それを見た瞬間、ギリギリで保たれていた何かの糸が切れた気がして、俺は家の外に飛び出した。自分では意識していなかったが、もしかしたら奇声をあげていたかもしれない。

とにかくもうだめだと思ったのだ。勢いのまま飛び出して、庭に止めていた自転車にまたがり、がむしゃらにペダルを回した。

こういう時は盗んだバイクで走り出すのが適切かもしれないが、残念ながらバイクを盗む度胸も単車の免許もなかった。

くたびれたスーツ姿のまま、夜の街をふらふらと自転車で走る。季節は九月の半ば、もう夏とは言えないだろう。

昼間はまだまだ暑いが、夜の十時を過ぎたこの時間だと、さすがに少し肌寒く感じる。自転車をこぎながら、ぼんやりと考えた。

自分は今まで、何のために一生懸命働いていたのか。

セイウチと俺が出会ったのは、ふたりが大学二年生の時だった。

彼女に一目惚れして、口下手ながらも誠実さをアピールし、なんとか交際を始めることに成功した。今はセイウチそのものだが、学生の頃の妻は、一目惚れしてしまうくらいにはかわいらしかったのだ。

それからふたりの交際は順調に続き、無事大学を卒業する。

俺が就活をしていた時期はバブルが崩壊した直後、見事な就活氷河期だった。

それでもなんとか頑張って、多くの会社から今で言うお祈りをされつつ、それなりの企業から採用をもらえた。

決して大企業でもないし、出世街道を駆け上がることもなかったが、彼女にプロポーズし、結婚が決まった。それから今まで二十年間、たったひとりの家族――つまりセイウチだが――のために必死に働いてきた。

妻との間に子供はいない。何年たっても子供を授からなかった。

そのことは少し残念ではあったが、無理に原因を調べるつもりもなければ、治療をするつもりもなかった。夫婦ふたりの生活を楽しむのも悪くないという意見が一致し、最初の数年は絵に描いたように幸せな新婚生活がおくれた。

朝の七時に起き、八時に家を出て、帰宅するのは大体いつも夜の十時すぎになる。自宅から駅までは自転車で移動だ。電車は片道一時間とちょっと、朝は満員電車に揺られ、仕事が終わるとへとへとになりながら帰宅する。

雨が降ろうが台風が来ようが記録的な積雪だろうが真夏日だろうが、月曜日から金曜日まで仕事だ。

そんな自分に対して与えられた夕食は、カップラーメン一つだった。

これがお前の存在価値だと言われたようで、どうしようもなくやりきれない気持ちになった。

どうして自分ばかり、こんなに苦労しなければならないのだろう。

駅の駐輪場に自転車を止め、虚ろな顔で夜の街を歩きながら、強烈に何かうまいものが食べたいと思った。

とにかく腹が減っていた。この空腹を、何かうまいもので満たしたい。食べ過ぎて動けなくなるくらいに。腹一杯おいしい料理を食べることで、胸にぽっかりと空いた穴を塞ぎたいと思った。

いつもの習慣でチェーン店に入って牛丼を注文しようかと考え、別にそこまで節約する必要もないのだと気付く。セイウチからの小遣い制で経済状況は困窮《こんきゅう》していたが、考えてみれば自分で稼いだ金だ。

子供もいないし、金曜の夜、ちょっと豪勢な晩飯を食べたところで、誰が俺を責められるだろう。

セイウチにバレたら怒られるような気はしたが、もはやどうでもよかった。

『白露庵』へようこそ

「ここはどこだ？」

牛丼屋に入るのを諦め、いつもと違う料理を食べたいと目的なく歩き続けていた俺は、いつの間にかまったく知らない場所にいた。

十年以上住み続けた、最寄り駅周辺の見慣れた面影は欠片もない。一度も来たことがない場所だ。

正直、途中ちょっとぼんやりしていた。

周囲の光景はあまり見ていなかったし、瞳には少し涙が滲《にじ》んでいたかもしれない。とはいえさすがにこんな場所に迷い込むのは異常だ。何せ前を向いても後ろを向いても、竹、竹、竹。竹祭り。竹林に左右を囲まれた道。中央だけはかろうじて人が通れるよう、石畳みが敷かれている。

背の高い竹林は果てしなく、懸命に見上げても、どこまで伸びているのか分からない。竹林の道は昼間なら美しいのかもしれないが、灯《あか》りのない夜中に歩くのはかなり不気味だ。

その上辺りにはうっすら霧《きり》まで漂っている。

背筋が寒くなるのを感じ、自分の腕をさすった。

——意味が分からない。

ついさっきまで確かに最寄りの駅前にいて、牛丼ではないうまいものを食べようと考えていた。それなのになぜか今、竹林の道にいる。

理屈はさっぱりだが、大変なことに巻き込まれてしまったのではと考える。どんな道の迷い方をしたら、こんな場所にたどりつけるのか。何しろどうやってここに来たのか分からないので、帰り方も分からない。

白昼夢というには、あまりにも現実的すぎる。

周囲を見渡しても、背の高い竹しか見えず、はるか頭上にぼんやりとこちらを照らす月が見えるだけだ。

その時、どこかからチリン……と音がして、俺は顔を歪《ゆが》める。

——鈴の音。

全身の肌がぞわっと粟立《あわだ》つ。神経を集中させて、耳をそばだてる。

気のせいか？　そう考えたところで。

またチリン、チリンと鈴の音が鳴る。

「だ、誰かいるのか？」

きょろきょろしながら弱々しい声で問いかけるが、返事はない。

実際、人の気配はないのだ。しかし、音だけは確かに聞こえる。

まるですぐ側に、目には見えない誰かが立って鈴を鳴らしているように。

――チリン、チリン。

鈴の音は止まない。

……しかも、さっきより音が近づいているような。

これはよくない。直感的にそう思った。だって誰もいない竹林の中で鈴の音なんて、妖怪でも出て来そうじゃないか。

俺は自然と早足になる。全身にじっとりと汗が滲み、肌に張り付いたYシャツが気持ち悪い。どこに向かえばいいのか分からないが、竹林の道は一方通行だ。前へ進む他ない。歩いている間も、ずっとチリン、チリンという音がつきまとい、鳴り止まない。

どうしよう、何なんだこの音は。

幽霊やお化けといった類いの話は昔から苦手だから泣き出しそうだったし、耳を塞いでしまいたかった。四十をすぎたおっさんが幽霊に怯えるなんて情けないと言われようが、怖いものは怖かった。

そうだ、携帯を使おう！　なぜこんな簡単なことに気付かなかったのか。

警察でもレスキュー隊でも、この際会社で隣の席にいる、敬語がちっとも使えない新入社員でもいいから、とりあえず誰かと話したい。

そう思ってポケットに突っ込んでいた携帯を取り出すが、圏外になっていて電話をかけることが出来ない。

ここが駅前であれば、携帯電話が圏外になるということはまずありえない。

じゃあここはどこなんだよ。

理不尽な状況にもはや怒りすら感じながら歩き続けると、竹しかなかった道を抜け、さっきまでとは違う光景が現れた。道の先に、朱塗りの立派な橋がかかっていた。

橋の下にはさらさらと川が流れている。

その橋を越えたさらに先には、明かりが見える。建物がある。

よかった、誰か人がいるんだ。

俺はほっとして、朱塗りの橋を駆け抜け、明かりのある場所に向かって走り出す。

こんな風に全力で走ったのなんて、いつ以来だろう。

きっと道に迷ったヘンゼルとグレーテルがお菓子の家を見つけた時、こんな心境だったのだろう。

たとえその先に待ち構えているのが恐ろしい魔女であったとしても、誰が進むのを止めることが出来るだろうか。

朱い橋を渡った先には、和風の料理店がひっそりと立っていた。

老舗の温泉旅館を思わせる、少し高級感がある、落ち着いた雰囲気の店だ。

一番目立つ場所に、木製の看板がかかっている。そこには『白露庵』と書かれていた。

「しろ……しらつゆ？　あん？　料理屋か？」

目を丸くして、口をあんぐりと開き、もう一度看板を眺める。

こんな場所に料理店なんて作っても、客など来ないだろう。

おかしいと思って何度も読み返すけれど、店の表には、確かにそんな看板がかかっている。

それに店に近づくにつれ、何かいい香りが漂ってくる。

食欲をそそる香りに、腹がぐうと悲鳴をあげた。俺は思い出した。そういえば、とても腹が減っていたのだ。しかしこんなあやしい場所で、いったいどんな変わり者がどんな料理を出しているのだろう。

もしかして注文の多い料理店のように、化け物に食べられてしまうのではあるまいか。とはいえ、俺は意外と迷いなく扉を開けた。

とにかく腹が減っていた。このままでは腹と背中がくっついてしまうかもしれない。

どんなものでもいいから食べたかったし、こんなにいい匂いがするならきっとうまいものがあるに違いない。

それに不気味で薄暗い竹林を抜け、明かりの灯ったこの店を見つけたことで、精神的にも救われたのだ。

格調高さを感じるし、もしかしたら高級店なのかもしれない。しかし多少値が張っても構わない。

何しろ腹が減っているのだ。空腹はたいていの欲求に勝る。

「いらっしゃいませ」

凜とした、よく響く声が耳をくすぐる。

店の中に立っていた人物を見つけて、俺はまた口をあんぐりと開いた。今日は口を開きっぱなしだ。

しかししょうがないと思う。何せここまで美しい人間を見たことがない。腰まで伸びた色素の薄い、眩い銀色の髪。聡明そうな金色の瞳に、すっと通った鼻筋。抜けるように真っ白な肌は奇跡的に美しく、染みや傷が一つもない。ほっそりとした長い手足と真っ直ぐに伸びた背筋は、白樺の木を思わせた。

服装は和服だった。漆黒の着物と白い袴の上に、深い紫色の羽織を重ねている。羽織に金糸で描かれた蝶と雪輪の模様は美しく、一目見ただけでそれが上等な物だと分かった。中肉中背の一般的な体型……より少し太めの自分と向かい合えば、まるで同じ生き物とは思えない。

その人は、世界中の人間から一番美しいパーツだけを集めて神様が作ったような顔をしていた。間違いなく一目で恋に落ちていた。

……彼がもし女性だったら。

中性的とも言えそうな顔つきだったが、残念ながらさすがに彼が男性だということは分かった。

身長も、俺より十センチ以上高い。百八十近くあるように見える。

そして彼の頭から生えている真っ白な耳と、ふわふわの尻尾を見て、俺は素《す》っ頓《とん》狂《きょう》な声をあげた。

「み、耳と尻尾っ⁉」

見間違いかと思い、自分の目をごしごしと擦る。

しかし何度見ても、確かに白い耳と尻尾が見える。明らかに人間の物ではない。

そういうアクセサリーか、と凝視すると、それを嘲笑うように、大きな尻尾がふわりふわりと左右に揺れる。

いや、動いてる！　何でだ？　どうして尻尾が動いたんだ⁉

「すみません、入る店を間違えました。やっぱり帰ります！　お邪魔しました！」

冷や汗をかきながらそう告げると、男は目を細めてにこりと微笑み、入り口に回り込んで立ち塞がる。

彼が目を細めると、どこか妖しさと艶を含んだ表情になった。

「いいえ、間違ってなどいませんよ。お待ちしておりました、和田様」

「えっ」

どうしてこの見るからに怪しい男は、俺の名前を知っているのだろう。

動揺したが、何となく怖くて聞くことが出来なかった。

男は穏やかな声で話しかけた。

「私はこの店の店長をしております、白露と申します」

「ハクロさん……」

「はい。白い露と書いて白露です」

なるほど、ということは表の看板も『はくろあん』と読むのだろう。

白露は何者なのだろう。人間じゃないんですかと問おうとしたが、さすがに聞けなかった。

「どうぞ、おかけください」

和風の小物や飾りが並ぶ店内には、テーブルと椅子が一組だけあった。

帰りたい、帰りたい、帰りたい。

やっぱり俺を食べる気なのだろうか。注文の多い料理店のように。

竹林の道に迷いこんだ時からそもそもおかしいと言えばおかしかったのだが、一組だけのテーブルと椅子。まるで自分を待ち構えていたかのようではないか。その証拠に、この白露という男は俺のことを知っていた。とんでもない場所に飛び込んでしまったのではないか。

緊張しながら着席すると、店の奥から元気のいい声が聞こえてきた。

「いらっしゃいませー！　ご来店、ありがとうございまーす！」

上品な料理店の接客……というよりは、どちらかというと居酒屋の店員のようなかけ声だと思った。らっしゃい、らいてんあざーす、しゃらーす、みたいな。

席に水の入ったグラスを運んで来たのは、かわいらしい少女だった。

先ほどの店主とは、良い意味で真逆の属性の人間に見える。

妖《あや》しさと艶《つや》を兼ね備えた白露が月なら、彼女は太陽の申し子のように、はつらつとしていた。

客を出迎える声は明るく、表情もパッと大輪の花が開くように眩しくて裏がない。見ているだけでほっとするような、どこにでもいる普通の女の子だった。

特別美少女というわけではないが、愛嬌のある子だ。

彼女の服装も和風だったが、白露ほど正式な着物ではなく、動きやすそうだ。淡い赤を基調にした服が彼女の雰囲気と合っている。

「どうぞ、おくつろぎください」

グラスに入った水をテーブルに置く手つきが、まだたどたどしい。

働き始めたばかりなのかもしれない。

それにかなり若い。女子高生くらいに見える。

彼女はアルバイトだろうか。こんな遅い時間まで、しかも人気のない怪しい店で働いて大丈夫なのか、親御さんは心配しないのかと、ついそんなことを気にしてしまう。

彼女の様子をちらりと伺うと、真っ直ぐな視線とぶつかって面食らう。

少女は一歩下がると、ぺこりと頭を下げた。

「私はこの店で手伝いをしている、天龍愛梨です。どうぞよろしくお願いします」

彼女には、獣のような耳も尻尾もない。ぱっと見は普通の人間のようだ。

少しだけ緊張が解け、愛梨に問いかけた。

「どうも。あの、ここは食堂なんですか？　いい匂いがしたので、思わず飛び込んでしまったのですが」

愛梨の後ろに控えていた白露が、よく通る声でそれに答える。

「ここはお客様の思い出の料理を提供する店でございます」

「思い出の料理？」

「はい」

白露は余裕に満ちた笑顔でそう言うが、よく分からない。

思い出の料理？　昔流行った食べ物が出るとか？　そういえば、大人でも給食が食べられる店があると聞いたことがある。揚げパンやカレーが出てくるらしいが、そういう感じだろうか。

「もう少し分かりやすく言えば、あなたが後悔している時間をやり直せる……いわば、人生をやり直せる料理店」

「人生を、やり直せる……？」

「はい。あなたも、自分の人生のどこかをやり直したいと思って、この店に来店されたのではないですか？　ここを訪れる方は、そういう方ばかりですから」

俺は目をしぱしぱと瞬かせ、白露をじっと見つめる。人生の中で、やり直したいと思った瞬間。もちろんある。むしろ一度もない人間の方が珍しいのではないか。失敗した経験、恥をかいたこと、後悔していること。出来ることなら、子供の時から全部やり直したいくらいだ。

しかし、そんな魔法のような話があるものだろうか。にわかに信じられない。

「恋愛関係で悩んでご来店されるお客様は多いですよ。たとえば彼とケンカをする前に戻りたいだとか、告白出来ずに学校を卒業してしまったのをやり直したいとか」

白露はすっと目を細め、こちらに微笑みかけた。色気だけで人を殺せそうな笑顔だった。

「和田様の願いは何でしょう?」

「私の、願い……」

おとぎ話ではあるまいし、そんなうまい話があるわけない。

けれどこの店の雰囲気と、耳と尻尾が生えている、白露という不思議な男の声を聞いているうちに、もしかしたら、と思ってしまう。

はっとして、思わず椅子から立ち上がった。

「もし、本当に過去に戻れるなら……だとしたら、あの日に戻りたいです。妻にプロポーズした日に!」

それを聞いた愛梨は、何を勘違いしたのかニコニコと笑って声を弾ませる。

「プロポーズをやり直すのですね!?　素敵です」

無邪気に笑顔を向ける愛梨に申し訳ないと思ったが、俺はきっぱりと言い切った。

「いえ、プロポーズ、しません」

「えっ!?　しないってどういうことですか!?」

「もしもう一度やり直せたら、私は園子と……妻とは結婚しません。今度はもっと、優しそうな女性と結婚します。いや、また誰かと結婚をしてこんな思いをするくらいなら、もう一生独身でもかまわない」

「そ、そうなんですか……？」

俺は拳をぎゅっと握り締め、熱弁する。

「当たり前ですよ！　結婚なんてもう、人生の墓場ですよ！　毎日夜遅くまでくたくたになるまで働いてるのに、ねぎらいの言葉一つありません。それどころか晩飯がカップラーメンです。この間は缶詰でした。私は猫じゃありません！　いや、多分そこらの飼い猫の方が、よっぽど私より良い物を食べてます。休日に少し休んでいようものなら、家のことを手伝え、家事をしろって罵声《ばせい》を浴びせられて、庭の草むしりをさせられたり、買い物に行かされたり。そういう自分は昼間からテレビの前で寝っ転がって、ずっとせんべいか何か食べながらワイドショーを見てるんですよ。あれは人間じゃなくて、セイウチですよセイウチ！」

「セイウチ……」

「そうです。私はもう、セイウチのために働き続ける生活に疲れ果てました」

一気にそうまくしたてると、俺はがくりと頭を垂れる。愛梨はかなりショックを受けた様子だった。結婚への憧れが砕け散ったようだ。

白露は彼女をたしなめるように、穏やかな口調で言う。

「お客様にはお客様の事情がございます。どんな風に過去を変えるかは、お客様の自由です」

「しかし、本当に過去に戻れるんですか？」

半信半疑でたずねると、白露は自信に満ちた表情になる。

「もちろんです。ただし何点か注意事項が」

そう言って白露は、テーブルの上にある長方形の用紙を差し出した。

「こちらが当店のメニュー。いわゆる決まり事でございます」

「決まりがあるんですか」

俺はそれを受け取り、ごくりと唾を飲む。


～白露庵メニュー～

・過去には一度しか戻れない
・生死に関わることは変えられない
・人を不幸にしてはいけない

「過去に戻れるのは、一回だけ……なんですね」

「そうです。料理を食べれば、時間をもう一度やり直すことが出来ます。過去を変えるも、何もせずにただ思い出に浸るも、あなた次第です。ただし、過去を一度変えてしまえば、当然現在にも影響が出ます。それがどんな形であなたに影響を及ぼすか、完全に予測することは不可能です。幸せになるために過去を変えたのに、予想も出来ない不幸な出来事が起こるかもしれません」

「不幸って……」

俺は椅子に座ったまま、思わず後ろに下がる。

「たとえば今の時代にいるはずのあなたの大切な人間がいなくなったり、最悪この世界そのものが滅亡してしまうかもしれません」

「め、滅亡……？」

真っ青な顔になった俺を励ますように、愛梨が笑いかける。

「白露さんは大袈裟に言っていますけれど、さすがに地球滅亡はしないと思います。とはいえ、人生を大きく変えてしまう結果になるかもしれないので、それくらいの覚悟を持って下さいってことを言いたいんだと思います」

生死に関わることは変えられない、人を不幸にしてはいけないというのは、まぁ理解出来る。

しかし本当にこんな怪しい人間の言うことを聞いてしまってもいいのだろうか？

考えているうちに、白露はひとりで話を進める。

「さて、ではさっそく料理を。和田様の食べたい料理は、こちらではないでしょうか？」

「こちら？」

そう言われても、テーブルの上には何もない。

白露は愛梨に向かって、にっこり微笑んで同じ言葉を繰り返す。

「……こちらではないでしょうか？」

愛梨は持っていたお盆を口元に当て、はっとした表情で白露にたずねる。

「あっ、もしかして私が運んでこないといけないですか？」

「あなたの頭は飾りですか？　わざわざ言わないと分かりませんか？　あなたは何のためにここにいるんですか？」

「すみません、すぐ持って来ます！」

白露は顔が綺麗なだけあって怒ると相当迫力がある。

数分後、愛梨が運んで来た料理を見て、俺は目を丸くした。

目の前に置かれたのは、フランス料理の前菜のようだった。

「これは……」

エビとトマトのソテーだ。

真っ白な皿におしゃれに料理が盛り付けられ、赤いソースが点々と彩られている。

和を前面に出しているこの店に、あまり似つかわしくないメニューだ。

しかし驚いているのはそこではなかった。

俺はしばらく料理をじぃっと見つめていたが、やがて確信を得て顔を上げた。

「この料理、もしかして……！」

ただのフランス料理なら、ここまで驚かなかっただろう。

愛梨はさらにアンチョビのピッツァとじゃがいものビシソワーズ、それにサーロインステーキをテーブルに並べていく。

料理が揃い、俺の確信はさらに強くなる。

ごくりと唾をのみこみ、白露に問うた。

「これ、私が妻に……」

白露は満足気に目を細め、ゆっくりと頷く。

「そうです。これはあなたが奥様にプロポーズされた時に食べた、フレンチのコースでございます」

穏やかな笑顔でそう話す白露を見て、背中にぞっと寒気が走るのを感じた。さっき言われた通り、これは俺が妻にプロポーズした時に食べた、フランス料理だった。当時のメニューとまったく遜色《そんしょく》ない料理がテーブルに並んでいる。

——間違いない。調べられている。

誰が？　何のために？

自分のような、大して金も持っていない平凡な会社員のことを調べてどうするつもりなのだろうか。

それともこの男、まさか本当に過去に時間を戻すことが出来るのだろうか？

俺は恐怖と焦りで震えた。

「あの、何が目的なんですか。私に、たいした財産はありません。脅迫しても、出せる物なんて何一つありませんよ。金目の物も持っていません」

自由に使える金は、月三万二千円です。余計なことまで口にしそうになった。

俺が怯えているのに気付いたのか、愛梨が明るい声を出す。

「あの、大丈夫です！」

「え？」

愛梨は懸命に説得している。

「白露さんは顔は怖いですし、話すことも怖いですけど、そんなに悪い人ではありませんから。安心してください！」

なるほど、まったく安心出来ない。

白露はその言葉に少し苛立った様子を見せつつ、説明を付け加えた。

「そうです、ご心配なく。和田様は余計なことは考えず、ただ料理を召し上がればよいのです」

俺は覚悟を決め、キリリと眉を上げる。

「……正直、納得出来ないことばかりですが。分かりました！　とにかく、こうして話していても、料理が冷めてしまうので」

椅子に座り直すと、勢いよく手を合わせた。

「いただきます！」

そして並んでいたフォークとナイフを手に取ると、怒濤の勢いで目の前にある料理を食べ始めた。

何しろ、猛烈に腹が減っていたのだ。

漂ってくる芳醇な香りをかいでいると、我慢出来なくなった。

目の前の男が怪しいとか、本当に過去に戻れるのかとか、お代はどうすればいいのかとか、そういうことは後回しだ。

料理は絢爛豪華な見た目に違わず、夢のように美味しかった。

一気に食べるのがもったいなくて、一口ずつゆっくり食べようとした。

しかし怒濤の旨さが洪水のように流れ、動かす手を止めることが出来なかった。

舌の上で滑らかに流れる、クリーミーなビシソワーズ。アンチョビの絶妙な塩辛さとほのかな苦み。サーロインステーキには余分な油は一切なく、噛めばじゅわっと肉汁が溢れる。

どうしてこんなに旨いんだ⁉　そう理不尽に怒り出してしまいそうなくらい旨い。
気が付いた時には、皿はすべて空になっていた。
こんなに美味しい料理を食べたのは、初めてかもしれない。
俺は幸福な満腹感に包まれながら、うっとりと目蓋を閉じた。

公園での待ち合わせ

次に意識を取り戻した時、俺はなぜか公園のベンチに寝っ転がっていた。

気温の低さに、ぶるりと震える。どうやら季節は冬のようだ。

頭を傾げる。さっきまで妙な店にいたはずなのに、一瞬で景色が変わってしまった。

やはり夢だったのか。

ベンチの下に新聞が落ちているのを発見し、何となくそれを拾い上げた。

『一九九九年十二月十六日』

日付のところを見て、苦笑しながらその新聞を手放した。

「おいおい、新聞の日付、間違ってるよ。二十年前になってるじゃないか」

そう言いながら、俺は自分の身体がやけに軽いのに気付き、再び首を傾げる。

彼らは過去に戻れると言っていた。

俺が妻にプロポーズをしたのは、今からちょうど二十年前の話だ。もし本当にその時に戻ったのなら、体型が現在の自分と違うのも当然だ。

まさかと疑いながら、公園のトイレに駆け込む。そして鏡に映った自分を見て、悲鳴をあげた。

「えええええええええ!?」

俺は鏡に顔を寄せ、食い入るようにその姿を見つめた。

鏡に映っているのは、確かに二十代の頃の俺だった。時間を遡っているというのは事実らしい。自分など、若返ってもそう代わり映えしないと思っていたが、現在の姿と比べると変化は歴然だった。

この頃の俺は、まだ三段腹ではない。髪の毛もふさふさとしているし、肌にもハリがある気がする。

それに顔つきが、未来への希望に満ち溢れている……ような。頬がたるんでいないからそう見えるのだろうか。

「若いなぁー。はぁー、俺も年をとったんだなぁ。昔は元気だったんだ」

「新社会人という感じですね」

背後から突然声をかけられ、驚いて悲鳴をあげた。

後ろにはさっきのふたり、白露と愛梨が立っていた。

「白露さんと愛梨さんもいるんですか」

愛梨は張り切った様子で返事をする。

「はい、もちろんです！　和田さんのことを全力でサポートさせていただきます！」

俺は困惑しながら頭をかいた。

「うーん、やっぱり夢なのかなぁ……それか俺、働き過ぎてとうとう頭がおかしくなっちゃったのかなぁ」

白露は持っていた扇子を口元に当て、目を細めて楽しげに笑う。

「どちらでもかまわないのでは？　聞くところによると、人生の三分の一の時間は睡眠が占めているそうじゃないですか。となれば、あなたが現実だと思って過ごしている時間の方が夢物語でないと、どうしてそう言い切れるのでしょう」

俺は頭を抱えて考えこむ。愛梨は俺の背中を叩いて声をかけた。

「とっとにかく、せっかく過去に戻ったのですし、楽しんでください！」

「楽しむと言ってもなぁ」

トイレから出て、のんびりと公園を歩いてみた。会社から少し歩いた場所にある公園だ。入社した当時は、よくここに昼を食べに来ていた。

園子にプロポーズしたのは、冬のボーナスが振り込まれてすぐだった。交際から三年あまりの時間が経過していた。緊張しながら百貨店に指輪を買いに行ったのをよく覚えている。

「全部が懐かしいなぁ。あの頃の上司も、今は退職してもういないんだよなぁ。元気にしてるかなぁ」

季節は冬だ。

レストランでフレンチを食べ、プロポーズしたのは十二月十八日。妻の誕生日に合わせてプロポーズしたので、間違いない。

しんみりとしていると、白露が笑みを浮かべて声をかける。

「思い出に浸るのもいいですが、どうやら今日は奥様と約束をしている日らしいですよ」

それを聞いた俺は、しゃきっと背筋を伸ばす。

「えっ、妻と約束ですか⁉」

「そうです。デートをなさったらいいじゃないですか」

俺は途端に困惑する。

「そんな、妻とふたりで出かけるなんて、もう何年もしてないですよ。それどころか最近は目を合わせるのも嫌みたいだし。洗濯物も分けられるし。ちょっと心の準備が……そもそも私は、妻にプロポーズするのをやめるためにここに来たんですよ？」

白露は扇子でペシペシと俺の肩を叩く。

「まぁまぁ、まだプロポーズする時まで時間がありますから。それまでの間は、楽しんだらいいじゃないですか。こんな機会、めったにありませんよ」

ためらっていると、少し離れた場所から俺の名前を呼ぶ声が聞こえてきた。

「哲夫さーん！」

聞き覚えがある声に、俺ははっとして後ろを振り向いた。

グレーのスーツを着た女性が、俺を見つけて嬉しそうに駆け寄ってくる。

俺は彼女の姿を見て、思わず瞳を輝かせた。

「あれが奥様ですか？」

「そ、そうです、若い頃の妻です！　でもあなたたちのことを何と説明すれば!?」

混乱していると、白露は落ち着いた声でそれに応じる。

「その点はご心配なく。私と愛梨は、この時代の人間には見えませんから」

「み、見えない？　何でもありだなぁ」

「私たちはこの時間軸の人間ではありませんからね。当然といえば当然です。ですのでどうぞお気遣いなく」

園子を見つけた愛梨は、はしゃいだ声をあげる。

「うわぁ、すごくかわいい方ですね。和田さんからお話を聞いた時は、どんな恐ろしい人だろうって思ったんですけど」

それを聞いた白露が、楽しそうに懐《ふところ》から何かを取り出す。

現在のセイウチの写真だった。

「ちなみに現在の奥様のお姿は、こちらです」

園子の写真を見た愛梨は、若い園子とその写真を見比べ、はぁーと溜め息を漏らした。

「えっと、その……ずいぶんと大きくご立派に成長して……すごく、強そう……ほ、包容力がありそうです！」

正直な娘である。現代の姿はさておき、白いブラウスが似合う二十代の園子は、まるで女優かアイドルのようだった。

彼女の吐く白い息さえも、彼女を輝かせる演出のようだ。

園子は妖精のようなやわらかい微笑みをこちらに向ける。

こんな風に、妻が自分に対して優しく笑ってくれたのを最後に見たのはいつだろう。

……もう思い出せない。少なくともここ十年くらいは見ていない気がする。

死にたくなってきた。

「哲夫さん、ごめんなさい、待たせてしまいましたか？」

「いいえ、まったく。全然待っていません！　今の園子さんになら、ずっと待たされても大丈夫です！」

そう答えると、園子はかわいらしく笑う。

「そうですか、よかった。今日はどこに行くんですか？」

「えっと……とりあえず、ボートに乗りましょうか」

別にボートに乗る気分でもなかったが、二十年前の今日、公園にデートに来た時は、たしか公園の池にあるボートにふたりで乗ったのだ。

なんとなく、記憶と違いすぎる行動を取らないほうがいいような気がした。

ということで俺はボートの受付に立っている老人に声をかけ、大人の乗車券を二枚購入した。

この寒い季節、ボートに乗っているのは俺と園子のふたりだけだった。冷たい風が吹き付ける中、池に浮かんだボートに乗るとどんな気分か。

……凍り付きそうだ。背中がぞわぞわする。

園子も寒さに耐えるように、羽織っていたコートのボタンを合わせる。

どうしてお前はボートに乗ろうと思ったのだ。

二十年前の自分の襟首《えりくび》をつかんで、正座させて説教してやりたい気分だった。

夏ならまだしも、こんなに寒い日にボートに乗るなど正気だと思えない。おそらく当時の自分は、デートなら取りあえずボートだと思い込んでいたのだろう。柔軟性のない男だ。

それでも園子は文句一つ言わず、にこにこと笑って向かいに座ってくれている。

なんて優しいのだろう。天使か。きっとこの時の自分に、「今日の前に座っているこの女性は二十年後、セイウチになってお前を地獄に叩き落とすぞ」と忠告しても、まず信じないだろう。

実際俺だって信じられない。信じたくもない。

園子は公園の景色を眺めながら、最近あった出来事を嬉しそうに話してくれる。ほんの日常の報告だが、それでもただ相槌《あいづち》を打っているだけで幸せな気持ちになった。今の彼女の話なら、何時間だって聞けそうだと思う。

ボートを降りるとベンチに戻り、缶コーヒーを買ってふたりで飲んだ。今より缶コーヒーの値段が安いな、と変なことに感心する。

どうせならどこかのカフェでも入ればいいと思ったが、確かこの日はあまり時間がなかったのだ。

園子はその日の夜、友人と出かけるとかで一時間ほどしか公園にいられなかった。それでもわざわざ会いに来てくれた。どんなに短い時間でも、少しでも俺と会えるなら嬉しい。この時の園子は、きっとそう考えていたから会いに来てくれたのだろう。何て優しいのだろう。セイウチと同じ生き物だとは思えない。

他愛ない会話が途切れると、園子は名残《なご》惜《り》しそうに腕時計に目をやった。

「ごめんなさい哲夫さん、私そろそろ行かないと。私から誘ったのに、少ししかいられなくてすみません」

「いえいえ、今日はとても楽しかったです。ありがとうございました」

そんなことを話しながら、ふたりで駅に向かって歩く。

駅の改札に到着すると、園子はこちらに問いかけた。

「それでは、今度の約束は日曜日の夜ですよね？」

日曜日の夜は、彼女の誕生日。プロポーズの当日だ。

「はい、よろしくお願いします」

ニコニコした顔で手を振りながら、駅の階段を降りて行く園子を見送る。

いつの間にか、目から大粒の涙があふれているのに気付く。

愛梨はぎょっとしながら、ハンカチを差し出してくれた。

「和田さん、どうしたんですか⁉　大丈夫ですか⁉」

「か、かわいかった……」

俺はめそめそと泣きじゃくりながら、流れる涙をハンカチで拭う。

「奥様ですか？　そうですね、かわいいですよね！」

「うん、すごくかわいかったんだ……。昔の妻は、本当にかわいかったんだ。今はセイウチのように家でずっとごろごろしてるけど、昔は体重も今の半分くらいで、華奢《きゃしゃ》で優しくて……いつもニコニコしてて、守ってあげたくなるような、本当に儚げな女性だったのに。なのにどうして、どうして二十年たったら、こんなことに……」

そう言って俺おうっ、おうっと声をあげながら号泣するのを止められなかった。その様子を楽しげに見守りながら、白露が呟いた。

「思い出し号泣症候群ですね。皆様過去に戻ったことがきっかけで、そのような状態におちいられます」

愛梨が呆れたように肩をすくめる。

「白露さんは、また適当なことを言って……」

いつまでも泣いていても仕方がないので、俺はとりあえず自宅に戻ることにした。


二十代の頃住んでいたのは、駅から十分くらいの場所にあるワンルームの小さなアパートだ。古めかしくてあまり綺麗ではないが、この時期は仕事が忙しく、家にいる時間はただ寝ているだけだったので特に不便だと思わなかった。

当時の部屋の様子を懐かしく思いながらきょろきょろしていると、部屋までついてきた白露に問われる。狭いワンルームの部屋に着物姿の男と女子高生が立っているのは、違和感が凄かった。

「日曜日の夜、奥様と約束されているのですね」

「はい、一緒にレストランに行く予定なので」

白露は鋭い瞳で俺を見据える。

「念のため確認ですが、和田様はプロポーズをしないように過去を変えるため、ここにやって来たのですよね？」

何だか居心地が悪くなって、胡座をかいていた足をもぞもぞとさせる。

「そ、それは、もちろん、そのつもりで来ましたが……」

「おや？　心境の変化がありましたか？」

ここに来る直前までは、もちろんそのつもりだった。

妻とはもう絶対に結婚しない。自分は独身貴族を貫き、自由を謳歌《おうか》するのだ！

そう考えていたのだが、実際に若い時の園子を目の当たりにして、決意が揺らいだのも事実だった。俺の煮えきれない態度を見て、白露は意地の悪そうな声で言う。

「なるほど、優しくしてから思い切り叩き落とすおつもりなのですね。和田様も、なかなか鬼畜《きちく》でいらっしゃいます」

それを聞いた愛梨が目を丸くして叫んだ。

「そうなんですか!?　園子さんかわいそうです！」

「ちっ、違いますよ！」

俺は目をしょぼしょぼさせ、困惑しながら言う。

「今でこそぐうたらなセイウチですが、曲がりなりにも結婚を決めた女性ですよ。もちろん本気で好きだったし、当時は命にかえても彼女を守りたい、彼女以上に大切なものはないと思っていました」

「そして、そちらの指輪を渡されたのですね？」

白露に声をかけられ、俺はテーブルの上に置いてあった指輪の箱を取り上げた。箱を開くと、小さな石のついた婚約指輪が入っていた。それをじっと見つめながら、溜め息をついた。

「婚約指輪か、懐かしいな。この指輪も、今はどこに行っちゃったんだろうなぁ。当時は必死に身を粉にして働いて、やっとの思いで買ったんだけど。もう捨てられちゃったのかもしれないなぁ」

「そんな……」

寂しそうに指輪を見下ろしている俺に、愛梨は何と声をかければいいのか分からないようだった。

和田の決心

俺はぼんやりとした頭で立ち上がり、部屋のカーテンを開く。

すると眩しい朝日が降りそそいだ。狭くて古いアパートだが、日当たりだけは抜群だったのを思い出す。

「あれ？　さっきまで夕方でしたよね？」

相変わらず表情が読めない白露が、薄く微笑みながら答える。

「申し訳ありません、少し時間を飛ばさせていただきました。ちなみに今日が、プロポーズ当日。十二月十八日の朝です」

俺はしばらく朝日を見つめていた。

そして決心し、大きく頷いて声を出す。

「決めました。私は今日、待ち合わせに行きません！」

「えっ⁉」

「今日は彼女の誕生日です。そんな大切な日に約束をすっぽかせば、彼女も私に愛想をつかして、他の人と付き合ってくれるかもしれません。その方が、お互いのためにいいと思うんです」

愛梨は俺の肩をがくがくと揺さぶって問いかける。

「ほ、本気ですか和田さん!?」

「はい、私はそのためにここに来たんです！　もう決めました！　結婚やめます！」

そこから先は、ひたすら忍耐の時間が続いた。ああは言ったものの、園子のことが気にならないわけがない。俺は小心者だ。

約束を理由もなくすっぽかしたことなど、これまでに一度もない。それが彼女の誕生日とあらば、やはり罪悪感でそわそわしてしまう。

部屋にいたってやりたいことなどないし、漫画を読んだりテレビを見たりするが、ちっとも集中出来そうにない。

気を紛らわすために部屋掃除をしたりする。この行為は本当にまったく意味がない。何せ、もう二度とこの部屋に来ることはないのだから。

とはいえどうしてもチラチラと時計を確認してしまう。約束の時間は夜の六時。現在の時刻は、六時十五分。とっくに遅刻だ。じりじりと過ごしていると、突然部屋の中に奇妙な電子音が鳴り響いた。

驚いて音源を探す。そしてその正体が、携帯電話の着メロだということに気付いた。若い頃よくカラオケで歌っていた、冬の名曲だ。

現在持っているようなスマートフォンではなく、白黒のディスプレイの下にボタンがあってアンテナがついている、ストレートタイプの古い携帯電話が布団の下から出てくる。

そういえばこんなの使ってたなと思いながら、携帯を見つめる。反射で思わず通話ボタンを押してしまいそうになるが、相手が園子なのに気付くと首を振って踏みとどまった。しばらく放置すると着信は途切れたが、また数分経つと、電話が鳴り響いた。

近くにいた愛梨が声をかけてくる。

「和田さん、電話に出なくていいんですか!?」

「声を聞いたら、気持ちが変わりそうなので」

愛梨は必死に俺を説得する。

「とりあえず様子だけでも見に行きましょう！　園子さんの姿を見れば、考えも変わるかもしれませんよ！」

「考え、変わらない方がいいと思うんだけど……」

「園子さんのこと、気にならないんですか？」

俺はどうすればいいのか分からなくなり、助けを求めるように白露を見た。

「行った方がいいのでしょうか？」

白露は腕を組み、呆れた様子で俺たちを眺めている。

「決定権は和田様にあります。どうぞご自由に」

正直、気にならないわけがないのだ。行ってはいけない。中途半端なことをすれば、過去にまで戻ってきたのに無意味になる。

「うぅ、だけどやっぱり連絡もなしにと言うのは……」

俺は混乱して、頭を抱えてごろごろと布団を転がった。

転がった拍子にテーブルにのっていたカップが倒れ、お茶が床にこぼれてびしょびしょになってしまった。愛梨は焦って、近くにあった長い布をこちらに渡す。

「うわっ、大変！　和田さん、このタオルで拭いてください！」

「んん、何だこれは？」

タオルにしては妙に長いし、チクチクしている。

渡されたのは紺色の毛糸で編まれた、マフラーだった。愛梨はそれをじっと覗き込む。

「それ、よく見たらタオルじゃなくてマフラーですね。それも手編みの。奥様からのプレゼントですか？」

俺は頬を緩め、マフラーをそっと撫でる。

「うん、そうなんだ。懐かしいな、このマフラー」

正直上手とは言い難い。園子は昔から不器用だったようだ。

編み目は不揃《ふぞろ》いだし、幅が違う場所がある。穴があいてスカスカな部分もあるし、使った毛糸のせいか、妙にチクチクしている。

失敗したから捨ててくださいと言われたが、俺はこのマフラーをすごく気に入って、毛玉だらけになるまで大事に使っていた。

マフラーをぐるぐると首に巻き付け、おそるおそる呟いた。

「そ、それでは……その、少し覗いてみるだけ……」

それを聞いた愛梨はぱっと顔を輝かせ、嬉しそうに飛び跳ねた。

「はいっ、行ってみましょう！」

煮え切らない気持ちのままだったが、普段着の上にコートを羽織って部屋を出た。

俺たちは、園子がいるレストランの向かいにある建物までやって来た。

レストランの窓はガラス張りなので、向かいのビルからでも頑張れば何となく様子を窺うことが出来た。

愛梨はビルの窓にべったりと張り付いて園子を探す。

「あっ、園子さんいました！」

約束通り園子は、レストランの席にひとりで座っていた。

本来なら白露の店で俺が食べたように、まず前菜のエビとトマトのソテーから始まり、順番に料理が置かれていく。

しかしテーブルの上には、水の入ったグラスしか置かれていない。園子は石のように辛抱強く座ったまま、俺のことを待ち続けていた。

俺は複雑な面持ちで彼女を見守る。周囲で他の着飾った客が楽しそうに食事をしているなか、ひとりで不安げな表情で座っている園子の姿は、見ていて痛々しかった。

閉店の時間が近づくにつれ、ひとり、またひとりと客が帰っていく。

そしてとうとう店から他の客はいなくなり、最後に園子だけが取り残された。

ウエイターはせめて園子だけでも用意した料理を食べてはどうかとすすめるが、園子は申し訳なさそうにそれを断る。やがて園子は何度もウエイターに謝りながら、店を出た。

ウエイターも残念そうに、彼女を見送り店の片付けを始める。

園子に対して、申し訳なさでいっぱいになった。本当なら、今までひどい態度をとられた分、少し彼女に仕返しをしてやりたいという気持ちもあったのだ。

けれど今こうやって俺を待っている園子には、何の落ち度もない。

園子に恥ずかしい思いをさせ、気分は晴れるどころか、ただもやもやとした自己嫌悪が募《つの》っていくばかりだった。店を予約した時に料理の料金を支払い済みだったことだけが、罪悪感を多少減らした。

レストランを出た園子は、途方に暮れた様子で暗くなった空を見上げた。手のひらを小さく広げ、空に向かって差し出す。彼女のその動作で、初めて雪が降っているのに気が付いた。

俺も同じように空を見上げ、そういえば昔彼女とこのレストランで食事をした時、窓から雪が降っているのが見えたなと思い出す。白い粒が、少しずつ世界を銀色に染めていく。俺はいてもたってもいられず、入り口まで走った。俺はビルの入り口から顔を出して、そっと園子を見守る。

風が吹くと、細い針で全身を刺されるような寒さを感じた。園子は少し迷ったように立ち止まり、それからレストランの階段にそっと腰掛ける。

両手にふっと息を吐きかけ、震えながらまた空を見上げた。

鞄にしまっていた携帯電話を取り出し、何度か電話をかける様子を見せる。携帯は家に置いてきたが、相手はもちろん自分だろう。

園子の姿はあまりにも心細く、気の毒だった。俺は張り裂けそうな思いを抱えながら、隠れて彼女を見つめていた。

今すぐに飛び出して行って、園子に謝りたい。

けれどそれでは何のために、ここに戻ってきたのか分からない。

結婚してから、園子にずいぶんひどいことを言われた。

愛情などちっとも感じないし、彼女にとって都合のいいだけの存在なのだと、毎日後悔していた。それは到底笑って許せるようなものではない。

けれど――。

迷っている俺に、真剣な表情の愛梨が訴える。

「和田さん、本当にこれでいいんですか？」

「分からない……分からなくなりました」

「忘れているだけで、いい思い出だってたくさんあったんじゃないですか!?」

俺は目をしょぼしょぼさせながら、じっと足元を見つめる。

「もちろん、楽しい思い出だってたくさんあります。だけど、私は結局後悔しているんです。彼女が優しいのは、最初の数年だけでした。何年もたつと、彼女は私への愛情なんて、まったくなくなってしまったようです」

「本当に、そう言い切れますか？　本当に全部、なかったことにしてもいいんですか？このままだと園子さんの中からも、和田さんの中からも、ふたりの思い出は全部消えちゃうんですよ!?」

「このまま園子のところに行ったんじゃ、同じ結果になってしまいます。私は現在のような惨《みじ》めな思いをしないために、ここに来たんです。だから……」

考え込んでいると、愛梨がさっきより必死に声を張り上げる。

「もし結婚しない未来を選ぶのだとしても、ちゃんと本人に話すべきです。でないと、絶対にわだかまりが残りますよ！」

それを聞いた俺は決心し、背を丸めて凍えている園子の元へと走り出した。

「園子さんっ！」

真っ白な雪面に、足跡が刻まれていく。

俺の声を聞いて、俯いていた園子ははっとしたように顔を上げた。

園子は俺の姿を見て、階段から立ち上がった。

「遅れてしまってすみませんでした。あの、俺は……」

「哲夫さんっ！」

園子は自分の方へ走ってくる俺の方へと駆け出した。しかし途中で雪に足を取られ、つるりと転びそうになる。

「きゃっ……！」

「園子さん！　大丈夫ですか!?」

咄嗟に彼女の両手をつかんだ。俺に支えられたことで転ばずにすんだ園子は、照れくさそうにこちらを見上げ、寒さで赤くなった顔を緩ませた。

園子はそのままぺたんと地面の上に腰を下ろす。

「ごめんなさい。安心したら、力が抜けちゃった」

俺も彼女の向かいに座り込んで、冷え切った園子の手を両手でぎゅっと握り締めた。彼女の手は、まるで氷のように冷たい。

「園子さんは、俺のことを怒っているのかと思いました」

園子はやわらかく微笑むと、話し出そうとして、言葉を詰まらせる。

「怒ってなんていないですよ、全然。そうじゃなくて……」

園子の瞳から、ポロポロと涙がこぼれ落ちた。

「哲夫さん、いつもは絶対に遅刻なんてしないから。もしかしたら、交通事故にあったのかもしれない、何か事件に巻き込まれたのかもしれないって、色々悪いことばっかり想像したら、怖くって」

その涙につられ、気が付くと俺ももらい泣きしていた。

「遅れてすみませんでした」

彼女はふるふると首を振る。

「哲夫さんが、無事でよかったです。来てくれてありがとうございます」

俺はぎゅっと唇を結び、ポケットに手を入れる。

それからはっとして動きを止めた。

指輪の箱は入っていなかった。

さっきテーブルの上に置いたままだったのを思い出す。彼女に何も言わないのなら、このまま立ち去ればいい。

だけど——。

考えた結果、俺はその場に跪《ひざまず》き、彼女の右手をぎゅっと握り締めて言う。

「園子さん、俺と結婚してください！」

園子は驚きに目を見開く。

「色々考えていて、指輪を持ってくるのを忘れてしまいました。俺は頼りなくて、情けなくて、この先園子さんを幸せに出来るか分かりません。園子さんは、こんな俺のことを、そのうち嫌になるかもしれません。だけど……それでも、どんな未来があったとしても、やっぱり俺は園子さんと一緒にいたいです」

気が付いたら、言葉が勝手に口からこぼれていた。

涙と鼻水で顔はぐちゃぐちゃで、とてもドラマや映画のように、綺麗なプロポーズは出来なかった。

もう二度と結婚などしないと思ったのに、結局答えは決まっていた。

仕方ない。

自分は何度時間を繰り返したところできっと同じ結果を選んでしまうのだろう。この先どんな風に変わってしまっても、今彼女を好きだと思う気持ちは、紛れもなく本物なのだから。

園子は嬉しそうに微笑んで、俺の手を自分の頬に当てる。

「ありがとうございます、嬉しいです。指輪も何もいりません。哲夫さんがいてくれれば、それだけでいいんです。私でよければ、結婚してください」

俺は彼女を抱きしめた。

これでよかったんだ。そう考えていると、周囲からパチパチという拍手が聞こえる。

びっくりしながら立ち上がると、いつの間にか予約していたレストランのシェフとウエイターたちが、俺と園子を囲むように待っていた。

「えっ、えっ、あの……？」

「和田様、お待ちしておりました。よろしければ、今からお食事をどうぞ」

予想外の出来事に、俺はしどろもどろになりながらも何とか返答する。前回の時にはなかった展開だ。

「えっと、でも、時間はもうとっくに過ぎてしまって……お店も閉店時間だし、迷惑をかけてしまって……」

「いいんですよ。和田様のために作った料理です。さぁ、どうぞ」

俺と園子は互いに顔を見合わせ、シェフに付いて行った。

店に入ると、真っ暗な店内に一席だけ、キャンドルが灯《とも》されている。

ガラスの容器の中でゆらゆらと揺れる炎は、幻想的で思わず見とれてしまう。

俺たちが席につくと、懐かしい料理が運ばれてきた。俺と園子は互いに微笑みあい、食事を始める。

シェフの計らいに感謝しながら、ゆっくりと料理を楽しんだ。そんな俺たちを見守ってくれるウエイターたちも、皆優しい表情だった。

以前の思い出とは違った形になったけれど、かけがえのない時間として、確かに今日という一日が刻まれた。

＊

「……あれ？　俺、どうしてここに……」

俺が意識を取り戻すと、目の前には若い頃の園子も、キャンドルの灯ったレストランもなかった。

板張りの天井を何となく眺めていると、黒髪の少女が俺の顔を覗き込んだ。

「お帰りなさい、和田さん」

愛梨にそう言われ、白露庵に戻ってきたのだと認識する。

俺は自分の手の平を見つめる。ふっくらと肉がついている。そうか、今の自分に戻ったのか。

近くに立っていた白露は少し冷めた表情で、意地の悪い声を出した。

「おかえりなさいませ、和田様。一時の感情に流されて、結局以前と同じ未来を選ばれましたね。人間とは、失敗から何一つ学ばない生き物ですね」

白露の言葉がぐさりと胸に突き刺さる。

「どうして白露さんは、そういうことを言うんですかっ！　和田さんは、自分で園子さんといる未来を選んだんですよっ！　素敵じゃないですか！」

愛梨は彼に噛みつくが、白露は飄々《ひょうひょう》とした態度でそれを受け流す。

「だって和田様はセイウチに、もう何年も悩まされているんですよ。果たして一時の愛の力だけで、乗り越えられるものでしょうか？」

俺は苦笑いして、それからこくりと頷いた。

「愛の力だけですべてを乗り越えるのが難しいのは、身に染みて分かっています。それでも残念ながら、変えられませんでした。それは私が、変わって欲しくないと願ったからです」

自分の胸に、そっと手を当てる。確かに思っていた結果とは違った。

しかし俺は、とても幸せな気分だった。身体中があたたかいもので満たされて、ぽかぽかしている。

「久しぶりに、ずっと忘れていた大切なことを思い出せた気がします。妻にも、あんな風に心から私のことを愛してくれていた時代があったんだって、思い出せたから。その思い出を糧に、もう十年……いや、もう五・六年は、頑張っていけそうです」

俺は笑みを浮かべ、ふたりに礼を言って白露庵を出た。

来た時と同じように、朱い橋を越えて竹林の道を歩く。

大きな朱い橋の上を歩きながら、ぼんやりと考える。

不思議な経験をした。まるで狐につままれたような気分だ。あの店で起こった出来事は、本当に現実だったのだろうか？　竹林の先にあった店も、美しすぎる店長と表情が豊かな女子高生も、全部夢だと言われたほうがしっくりくる。

そうだ、そういえば白露の店で料理を食べた料金を払っていない。はっとして後ろを振り返ったが、その瞬間に目の前が真っ白になって、そのままぷつりと意識が途絶えた。

変わるもの、変わらないもの

何度も礼を言って出ていく和田を見送りながら、愛梨はぽつりと呟いた。

「和田さんは、これからどうなるんでしょう？」

「さぁ、どうにもならないでしょう。現実は変わりませんよ。またセイウチにいじめ抜かれる日々です」

それを聞いた愛梨は、しゅんとした様子で白露の尻尾を抱きしめる。

「和田さん、少し可哀想です」

「こら、私の尻尾で遊ぶのはやめなさい」

「だって、ふわふわで抱き心地がいいんですよ」

「そうでしょう、そうでしょう」

尻尾を褒められた白露は心なしか嬉しそうだ。

「白露さん、どうにかなりませんか？　せっかく園子さんの気持ちが分かったんだから、現在でだって、もっと幸せになれると思うんですけど」

白露はしばらく押し黙っていたけれど、やがて深い溜め息をつく。

「まったく、しょうがないですね。これでは確かにお代がまだ足りませんし、少しだけおまけを付けてあげましょうか」

＊

俺はなぜか、夜の街をふらふらと歩いていた。いつも使っている駅の前だ。

ぼんやりと月を見上げながら、どうして自分はこんな場所にいるのだろうかと考える。最初はスーツ姿だから会社帰りかと思ったが、手には鞄を持っていない。

何か、とてもいいことがあったような気がする。その証拠に、お腹と胸のあたりがふわふわと温かい。

けれどどうして自分がここにいるのか、どうして妙に幸せな気分なのか、さっきまで何をしていたのかは、とんと思い出せなかった。

夢見心地で夜の駅前を歩いていると、突然後ろから肩を引っ張られた。

「あんた！」

嫌と言うほど聞き慣れたその声に、俺は思わず硬直した。

目の前に現れたのは、髪を振り乱して怒るセイウチだった。セイウチが激怒している。怒りのセイウチだ。

そうだ、確かここに来る前、セイウチとケンカした気がする。いや、ケンカにもなっていないか。彼女の態度に失望し、一方的に逃げ出したのだから。

最近ついぞセイウチの笑顔を見ていないが、ここまで猛烈に怒るセイウチを見たのも、久しぶりだ。

「園子、どうしてこんなところにいるんだ」

声をかけたのと同時に、猛烈な罵声が飛んでくる。

「どうしては、こっちのセリフでしょうが！」

「どうしてって、俺は晩飯を食べに、駅まで……」

「それで一週間も連絡なしにいなくなるのかい!?　あんた、この一週間どこをほっつき歩いてたの!?」

「一週間!?　一週間って、一体どういうことだ？」

「どういうことか聞きたいのはこっちだよ！」

俺は目を白黒させた。

咄嗟にポケットの中の携帯を確認したが、別段おかしいとは思わなかった。

園子にカップラーメンを出され、家を飛び出してからまだ一時間くらいしか経っていない。もちろん日付も変わっていない。

セイウチは猛烈に怒りながら、俺のスーツをくしゃくしゃに揺さぶる。

「あんたはいつもいつも、あたしのことを待たせてばっかりで……！」

セイウチにここまで激怒されたのは初めてかもしれない。どうやって彼女の怒りを静めようか、あたふたしていた。

その時。セイウチの――園子の瞳から、透明な雫が流れおちた。

「……園子？」

園子は、泣いていた。

「もしかしてお前、俺のことを心配したのか？」

「当たり前でしょうが！」

園子はぼろぼろと涙を流しながら、俺を怒鳴りつける。

「あの時もそうだった。レストランで待っていたのに、時間を過ぎても、いつまで経っても、あんたは来なくて……どこかで交通事故にあってたら、大怪我をしてたらって、不安でしかたなくて。私がどれだけ心細かったか」

それを聞いた俺は、ぽんぽんと園子の肩を叩く。

「長い間、待たせてすまなかったなぁ」

園子は少し意外そうな顔つきで、じっとこちらを見つめる。

「あんた、何かあったの？」

「うん……そうだなぁ、考えてみれば、今まで色々あったよなぁ」

俺は園子のことを見つめる。

園子の頬や腹には肉がつき、随分ぽっちゃりした体型になった。今目の前にいる園子は、結婚した当初のように若くて華奢で、可愛らしい女性ではない。だけど当然、自分もあの時のように、元気に満ち溢れた若者ではない。何しろ二十年も経ったのだ。その間、俺と園子はずっと一緒にいた。決して楽しいことばかりではなかった。それでも、確かに積み重ねてきた時間がふたりの間にある。

最初に出会った頃のような、燃えるような恋はもうふたりの中にはなくなってしまったかもしれない。

長い時間を経て、形は変わってしまったかもしれない。けれど彼女の中には、今でも確かに俺を心配してくれる気持ちがあるようだ。

恋はやがて熱を失い、冷めていく。それでも最後に残ったものがあるとしたら、それはきっと、家族への愛じゃないだろうか。

手で触れられないほどの、炎のような熱い感情ではない。けれどその愛情は、ほんのりとあたたかくて、寒い日に飲むココアのように心地のいいものだった。

俺は空を見上げながら、だんだん楽しい気分になってきた。

歌でも歌い出したい気持ちだ。

「久しぶりに、ふたりでデートでもしようか」

「何をバカなことを言ってるの」

「いいじゃないか。最近ふたりで出かけていないだろう」

園子の様子がいつもと違うので誘っても大丈夫かと思ったが、即座に拒否されてしまった。やはり彼女は自分を嫌っているのだろうか。

俺があからさまにしゅんとすると、園子は見かねたようにぼそぼそと付け足した。

「今日なんて、無理に決まってるでしょう。髪もボサボサだし、よれよれの服だし、靴だって潰れたスニーカーなんだから。どこか行くなら土曜か日曜だよ。ちゃんとした服着て、化粧もしていくから」

それを聞いた俺は、満面の笑みで何度も頷いた。

「久しぶりに、あの店に行かないか」

園子は俺が行きたい場所がどこか、すぐに分かったようだ。

「そうだね。シェフの人、いい人だったね。ずっと待っててくれて」

「うん、ふたりでまたあの店に行こう」

あの店には、大切な思い出がたくさん詰まっている。

そういえば園子にプロポーズをしたあの日、レストランの人だけでなく、誰かが見守っていてくれたような気がする。

それが一体誰だったのか、今となってはよく思い出せなかった。

俺と園子は頷き合うと、隣に並んでゆっくりと家への道をたどった。

＊

陰でふたりの様子を見守っていた愛梨は、白露に問いかける。

白露庵で働いている時の制服だと目立つので、今の愛梨は高校の制服姿だ。ちなみに白露はあやかしだから、周囲の人間には見えないらしい。

「白露さん、一体何をしたんですか？」

「園子さんの体感時間を変化させました」

「体感時間？」

「和田さんがこの店に滞在していたのは一時間ほどですが、園子さんの中では一週間が経っているように感じています」

「えっと……つまり、一週間旦那さんが連絡なしに行方不明ってことですか」

「その通りです」

愛梨は呆れて溜め息をついた。

「はぁ……それは心配するでしょうね。白露さん、相変わらず何でもありですね」

白露は和田のいる方向に、そっと手を伸ばした。

すると彼の手の中に、ふわふわと光の玉のような物が飛んでくる。

白露はそれを素早く親指と人差し指でつまみ上げた。光は嫌がるように白露から逃れようとするが、白露は口を開き、ぱくりとそれを食べてしまった。

愛梨は何だかな、と思いながらその光景を見つめていた。

白露は機嫌良さそうにふわふわの尻尾を揺らし、ぺろりと舌なめずりをして言う。

「今宵も美味しい思い出、堪能させていただきました」

仲良く歩いていく和田と園子を見守り、愛梨は軽い足取りで前に進む。

「でも和田さん、うまくいったみたいでよかったですねぇ」

白露は懐から出した扇子を口元に当て、くつくつ笑いながら呟く。

「まぁあのふたりが本当に幸せになれるかどうかは、神のみぞ知るところですけどね」

「白露さんはまたそうやって、意地悪を言う。本当は幸せになったらいいなって、思ってるくせに」

「そんなこと思ってませんよ。私は人間など、どうでもよいのです」

「本当に素直じゃない！」

未来のことは分からない。それでも愛梨は何となく和田夫妻は、以前よりうまくいくのではないかと微笑んだ。

白露は背筋を伸ばして悠然と歩きながら、夜空に輝く月を見上げ、楽しそうに目を伏せた。

第三話　最初で最後の夏祭りとかき氷

あおいの切なる願い

授業が終わると、愛梨は学校を飛び出して、いつものように白露庵へと急いだ。

白露庵には、普通に電車やバスに乗ってもたどり着けない。

愛梨は白露にもらった指輪をネックレスに通し、首から常に下げている。それを持たずにあの場所へ向かおうとすれば、現実と幻の狭間に置き去りにされてしまい、恐ろしいことになる、らしい。

実際にやったことがないので、どうなってしまうのかは知らない。竹林の道を抜けた先にある不思議な店のことを思いながら目を閉じると、愛梨はいつものように白露庵に到着していた。


ここの景色はあまり代わり映えがしない。店の表にある長椅子には、背の高い男が退屈そうな様子で座っていた。

何より目を惹くのは、その真っ白な耳とふさふさの尻尾だ。客がいないのをいいことに、白露はぼんやりと日向でくつろいでいた。おまけに大きな欠伸《あくび》まで。愛梨はそのやわらかそうな尻尾を、思い切りもふもふと抱きしめたい気持ちをぐっと堪える。

そんな愛梨の葛藤など露知らず、白露は毛並みのよい尻尾をふささふさと揺らしながら、もう一度大きな欠伸をする。

愛梨が到着したのに気付くと、白露は眠そうな声で言った。

「はあー、暇ですねぇ。退屈ですねぇ。愛梨、面白い話でもしてみてくださいよ」

「何なんですか、その唐突な無茶ぶりは」

「ただし話がつまらなかったら罰ゲームです」

「あまりにも理不尽な要求に動揺を隠しきれません」

付き合いきれないと思った愛梨は仕事用の制服に着替えると、掃除を始めた。

まず店内の床の掃き掃除をしてから掃除機をかけ、モップで床を磨く。机と椅子を布巾で丁寧に拭き、最後に窓を磨く。これが一連の流れだ。今日も心を込めて掃除をしようと決意して、愛梨は腕まくりをする。

この店に訪れることが出来るのは、ひとりの客につき一度だけだ。

二度目はない。

だからせめてここに来た客がいいお店だったと思えるように、ピカピカにしておきたい。律儀な性格の愛梨は、そう考えていた。

しばらくの間、無心で掃除に没頭していると、白露がぽつりと呟いた。

「おや、珍しいお客様がいらっしゃいましたね」

「え？　お客様ですか？」

熱心に窓ガラスの拭き掃除をしていた愛梨は、その言葉を聞いて、顔を上げる。

いつの間にか店の入り口に、白いパジャマを着た女の子が立っているのが見えた。

おそらく自分と同じくらいの年だ。高校生だろうか。しかしどうしてパジャマ姿なのだろう。身体の線が細く、とくに腕は頼りない。少し力を入れれば、ポキリと折れてしまいそうだ。

儚《はかな》げな雰囲気をまとった少女は、愛梨と目が合うとにこりと微笑んだ。少女の笑顔は可愛らしく、白いワンピースが似合いそうだと思った。

「入ってもよろしいでしょうか？」

声をかけられた愛梨は、弾かれたようにピンと背筋を伸ばし、急いで掃除道具を片付け、彼女にお辞儀をする。

「いらっしゃいませ、どうぞお入りくださいっ！」

退屈を持て余していた白露は、客の訪問にうきうきと立ち上がる。真っ白な狐耳が、嬉しそうにピンと立ち上がる。

「いらっしゃいませ。お待ちしておりました、水瀬《みなせ》あおい様。こちらのお席にどうぞ」

あおいと呼ばれた少女は影のように音もなく店内を進み、椅子に座ると真剣な表情で問いかけた。

「この店に来たら、過去をやり直せるって聞いたんだけど、本当ですか？」

愛梨はドキリとしながらあおいを見つめた。このお店がどういう場所なのか、知りながら訪れる人が、ごく稀《まれ》にいると聞いた。

あおいはそういうタイプの人間だったようだ。一体どこでそんな噂を耳にするのだろう。

白露はその言葉を肯定するように、薄く微笑んだ。とても綺麗だけど、相変わらず本心の読めない表情だ。

「はい。お客様が後悔している時間に戻れる料理を、お出ししています」

「そうですか……」

彼女は深刻な面持ちで白露に訴える。

「私は小学生の頃から、心臓の病気でずっと病院に入院しています。お医者様からは、高校生になるまで生きられないだろうと言われてきました」

愛梨は緊張しながら、グラスに入った水をそっとあおいの前に置いた。

この店に訪れる客は、皆強い思いを持っていると白露は語っていた。逆に言えば強い思いがないと、この店にはたどり着けない。

やり直したい過去があるから、ここに自然と導かれる。その中でも彼女は、ひと際切羽詰まっているように見えた。

白露は目を細めて彼女を見据えた。

「水瀬様に見ていただきたいものがございます。こちらがメニュー……当店の決まり事でございます」

~白露庵メニュー~

・過去には一度しか戻れない
・生死に関わることは変えられない
・人を不幸にしてはいけない

あおいは真剣な表情で白露に渡されたメニューを受け取り、それに目を通す。

「一つ最初に忠告させていただきますが、確かにこの店の料理を食べれば、過去に戻ることが出来ます。あなたの行動次第では、未来を変えられる」

白露は一度言葉を切り、再び唇を動かす。

「ですが、当然この店にもルールがあります」

あおいはじっと押し黙って、白露の話を聞いている。

「人間の運命というのは、複雑に絡まった糸のようなもので成り立っています。とくに人の生き死にとなると、絡まった糸は強固です。もしあなたが過去をやり直したとしても、直接的に手を下して、生きるはずだった人間を殺したり、死ぬはずだった人間を死なななかったことにするのは不可能です。残念ながら、何度やり直したとしても、人の生死だけは変えられません。それでもよろしいでしょうか？」

真剣に話を聞いていたあおいは、納得出来ないように押し黙る。

それから覚悟を決めたような表情で、慎重に言葉を選ぶ。

「それでも、変えたいと願うことは許されますか？　無理だと言われても、奇跡を信じて試してみることは可能ですか？」

白露はふむ、と首を引き、長い睫毛《まつげ》を瞬かせた。

「基本的に当店はお客様のご要望を優先いたします。水瀬様がお望みであれば、よいのではないですか」

それから扇子で口元を隠し、意地の悪い笑みを付け加えて言う。

「生死に関わる過去は絶対に変わりません。それでも不可能に立ち向かうのでしたら、私は止めませんよ」

あおいは白露に挑むように、はっきりとした口調で言った。

「昭《しょう》ちゃんを……事故にあって死んでしまう大切な人を、助けたいんです」

愛梨はあおいの切実な声音を聞き、身動き一つ出来なかった。

まるで一言話す度に、彼女の命を少しずつ削り取っているような、そんな悲痛な声だった。

「もう二度と会えなくなる前に。どうしても伝えたいことがあるんです」

白露は何がそんなに嬉しいのかと聞きたくなるくらいニコニコ笑い、愛梨に合図を出した。

「かしこまりました。では、少々お待ちください」

これはつまり、用意している料理を持って来いということだ。

愛梨は急いでキッチンに飛んでいった。それから料理の皿を盆に乗せ、あおいが待っている席に戻った。愛梨が料理を席に置くと、白露が説明する。

「夏祭りの日に政《まさ》木《き》昭《しょう》平《へい》さんと一緒に召し上がった、焼きそばと焼きとうもろこし、それにかき氷です」

あおいの前に置かれたのは、お祭りの屋台で売られているようなラインナップだ。とうもろこしからはほかほかと湯気が立ち上り、香ばしい香りが漂っている。その隣の焼きそばからも、食欲をくすぐるソースの香りがする。

ずっと難しい顔をしていたあおいの表情が、くしゃりと歪んだ。

泣くことも笑うことも出来なくて、困っているような複雑な表情だった。

彼女は少しの間沈黙すると、薄く微笑んだ。

「すごいですね。本当に、私が戻りたい時間のことが分かるんだ」

あおいはしばらく料理を眺めたあと、一口一口大切そうに、ゆっくりととうもろこしを頬張った。

とうもろこしは一粒一粒がシャキシャキと香ばしく、口に含むと自然な甘さと豊かなバターと醤油の香りが広がった。

「こんなにおいしいとうもろこしは、初めてです」

あおいはそう呟いて、夢中でとうもろこしを食べる。食べ終わると、今度は焼きそばに手を伸ばした。

焼きそばからもほかほかと湯気があがり、かつおぶしが元気よく踊っている。ソースと醤油がベースのそれは、食べた瞬間懐かしい気持ちになる。麺が焦げてパリパリになった部分はまるでせんべいのようで、食感が違うのも楽しい。

必死に箸を動かして焼きそばを全部食べてしまうと、最後はデザートのかき氷の皿を手に取る。真っ白な氷の上に、鮮やかな赤いシロップがかかっている。キラキラ輝いて、まるで宝石のようだ。氷の粒はサラサラで、口の中にいれると一瞬でとけてしまった。舌の上には、苺のほのかな甘みと苺のペーストが残った。

お祭りで食べるいかにも身体に悪そうなシロップの味もいいが、白露の作ったかき氷は何だか上品で自然な味だった。

あおいはあっという間に全部食べてしまうと、幸せそうに小さく頷いた。

「最初はたくさんあるから、全部食べられるかなって思ったんですけど……。お祭りの時は、昭ちゃんと一緒だったから。だけど美味しくて、あっという間に食べちゃいました」

ごちそうさまでした、と呟いたのを聞くと同時に、あおいたちは眩い光の中に飲み込まれていった。

病院での日常

太陽の光があまりにも眩しすぎて、私は思わず目を細める。病室の窓から見える大きな木からは、蝉の鳴き声が聞こえた。

廊下では上下白の看護服を身につけた看護師たちが、忙しなく行き来している。

一方廊下の手すりにつかまった老人は、入院着でゆっくりゆっくりと、かたつむりのように前に進む。歓談室からは見舞いに来た家族と入院している患者が、楽しそうに語らっている声が届いた。

あぁ、帰って来たんだ。

自分の家よりもよっぽど長い時間を過ごしてきたこの場所に、改めて懐かしさと憎らしさを感じた。

たくさんの命が生まれ、消えていく場所だからだろうか。病院というのは、独特の雰囲気がある。白一色の病室の中、真っ白なレールカーテンの向こうで、私は見慣れた天井を仰いだ。

白露さんと愛梨さんが喋っている声が聞こえ、寝ていた私は大きなベッドのリクライニングを半分くらいまで起こし、座った姿勢になった。

私の服装は白露庵に訪れた時と同じ、白地に花柄模様のパジャマで、グレーのカーディガンを羽織っている。入院したばかりの頃はパジャマで人に会うのは恥ずかしかったけれど、今ではすっかり慣れてしまった。

「あおいさん、いらっしゃいますか?」

愛梨さんの声が聞こえたので、私はそれに返事をする。

「はい。本当に過去に戻ったんですね。信じられない」

愛梨さんは私の体調を気遣うように声をかける。

「あおいさん、体調は大丈夫ですか? 起きていて、苦しかったら寝ていてください」

私は笑って、平気だと伝わるように手を振った。

「大丈夫ですよ。激しい運動さえしなければ、普通の人とほとんど同じように過ごせるの。暇な時は病院の中をうろうろして、無駄に売店に行ったりしてるし。話し相手がいないのが退屈だから、ふたりがいてくれて助かります。ここにいる楽しみって、食事のメニューが何か考えることと、お見舞いに来てくれる人を待つことくらいだから」

ここは私にとって庭のようなものだ。病院での過ごし方は熟知しているし、とっくに諦めもついている。

そんなことを話していると、部屋の扉をノックする音が聞こえた。

静かな病室に、スチール製のカートを引く音が響く。このカートの動かし方は、看護師の佐藤さんだ。音を聞くだけで、そんなことまで分かるようになってしまった。

「失礼します。あおいちゃん、検温の時間です」

「はい」

一日に何回か、体温を測ることになっている。

私は体温計を受け取ると、体温を伝える。彼女は今日も明るく、テキパキと仕事をこなしていた。付き合いが長いこともあって、彼女が担当だと話しやすい。

「あと血圧も測ろうか」

「はい」

佐藤さんは記録をし終えると、不思議そうにこちらを見つめた。

「あおいちゃん、今、誰かと話してなかった？」

私はにっこりと微笑んで答える。

「もしかしたら、寝言を言ってたのかもしれません。不思議な夢を見たので」

「あら、そうなの。今日の午後には検査があるから、直前にまた声をかけに来るわね」

「はい、ありがとうございます」

佐藤さんが出て行くと、私は愛梨さんと白露さんへ視線をやった。

「おふたりのこと、見えていないみたいですね」

「はい、ここで私と愛梨の姿が見えるのはあおいさんだけです。ですので私たちのことは、いないと思っていただいてかまいません。どうぞお気遣いなく」

「そう。不思議ね。本当に白昼夢を見ているみたい」

それから私は、じっと白露さんの白い尻尾を見つめる。

「ずっと気になっていたんですが、白露さんは狐さんですか？」

「はい、一応狐のあやかしです」

「そうですか。素敵な毛並みですね」

「恐れ入ります」

私はしばらく楽しい気持ちで彼の尻尾を眺めていたけれど、やがて枕元に置いてあった携帯電話を手に取った。

「今日は、七月の二十五日ですか」

愛梨さんは私の問いかけに返事をする。

「二十五日のこと、覚えていますか？」

「えぇ。二十五日の昼食は、私の好きなハンバーグだったことをしっかり覚えています。ここにいると、本当にそんなことくらいしか楽しみがないのよ」

それを聞いた愛梨さんは、くすくすと声をたてて笑った。

「それにこの日は、一時帰宅の前日ね。二十五日の午後、先生の診察を受けて、検査結果に異常がなかったから、明日から数日、自宅で過ごせることになっているの」

「あおいさんは、小学生の時からずっと入院しているって話でしたよね？」

「そうなの。もう何年も、こんな感じ。ずっと高校生になるまでは生きられないでしょうって言われてきたから、両親も色々覚悟していたみたいなの。初めてそれを知った時は、私も絶望したわ。でもそうこう言いながら、私十七才になっちゃった。普通に高校に行ってたら、もう三年生よ。こんな年になるまでしぶとく生きてるんだから、不思議よね」

「あの、具合……すごく悪いんですか？」

「ううん、最近はかなり安定しているのよ。安定しているから、一時帰宅の許可も出たわけだし」

「そうなんですか」

「帰宅出来る日数も、だんだん伸びているの。だからこのまま安定していれば、そのうち退院も出来るようになるんじゃないかって」

　極力朗《ほが》らかに話すよう心掛けていたが、これからのことを考えるとどうしても暗い気持ちになってしまう。

「とはいえ手術を受けないと、病気が自然に治ることはないから、根本的な解決にはならないんだけどね」

気持ちを切り替えるように、私は無理矢理明るい表情を作る。

「それに今日は昭ちゃん……昭平君ていう、幼なじみが会いに来てくれる日なの。毎週水曜日と土曜日は、昭ちゃんが必ずお見舞いに来てくれるんです」

愛梨さんはほんの一瞬だけ、息をつめる。おそらく生死に関わる過去を変えることは出来ないということを思い出したのだろう。

けれど暗い話題を出すべきではないと判断したのか、世間話を続ける。

「毎週ですか？　すごいですね」

「そうなの。学校が早い日や長期の休みの時は、それ以上来てくれるし。無理しないでって言ってるんだけど。私が初めて入院した、小学生の頃からずっとそうなの」

そう語りながら、心が温かくなっていくのを感じた。

何があっても、昭ちゃんのことを考えている時間だけは、いつも幸せでいられる。

「昭平さんは、あおいさんの恋人なんですか？」

突然そう問われ、私は頬を赤く染めた。

「こ、恋人というか……！　うん、一応恋人、かなぁ……」

声はだんだん小さくなり、最後には頬が熱くて喋れなくなった。言葉にすると、そういう関係になるのだと思う。だけど昭ちゃんは物心ついた時からずっと私の側にいて、兄妹のような、幼なじみのような、親友のような、一言では言い表せない大切な人だ。

何度聞かれても、恋人だと答えるのは慣れない。

「小学生の頃から毎週二回ですか。すごいですね。あおいさんのことが、本当に大切なんでしょうね」

愛梨さんにそう言われ、照れながら頷いた。実際、私も感心してしまう。

充分すぎるほど、昭ちゃんから大切にされている自覚がある。

彼は一体、何度この病院に足を運んでいるんだろう。

＊

しばらく病室で話していると、先ほどの看護師があおいのことを呼びに来た。どうやら検査の時間らしい。

「私、行って来ますね」

「はい、気をつけて」

検査をするところや医師と話すところは見ないほうがよいだろうと判断し、愛梨と白露はあおいを病室で待っていることにした。

「四時半だから、そろそろ昭ちゃんが来てくれる頃だと思うわ」

最後にそう言い残して、あおいは医師の元へ向かった。

あおいの言う通り、ちょうど四時半ぴったりになると、凜々しい顔の少年が廊下を歩いているのが見えた。彼は看護師とすれ違うと、その度に挨拶し、軽く世間話をしている。何度もお見舞いに来ているから、彼も看護師たちに顔を覚えられているのだろう。

「あの人があおいさんの言っていた、昭ちゃんって方ですね」

「えぇ、彼が政木昭平さんです」

あぁ、あおいさんにぴったりだ。昭平を初めて見た時、愛梨は一番にそう思った。

何かのスポーツをやっているのだろう、昭平は姿勢がよく、身体は筋肉質だ。

髪の毛は黒の短髪。キリッとした眉の下で輝く聡明な瞳に、真面目で誠実そうな人だという印象を持った。昭平は慣れた様子で病室にたどりつくと、軽くノックをして扉を開く。

あおいはまだ検査中だ。

あおいがいないことに気付いた昭平は、近くにあった椅子に座り、鞄を足元に置いて置物のように静かにあおいを待つ。

向こうは自分たちのことに気付いていないのに、こちらからは見えているのは変な感じだなと思いながら、愛梨はあおいを待っていた。

＊

私は廊下で昭ちゃんの姿を見かけ、いそいそと病室に戻る。昭ちゃんがお見舞いに来てくれるのは、いつだって嬉しい。

「お疲れ様、昭ちゃん。部活は？」

「三年はもう引退なんだ。たまに後輩の指導で顔を出すくらい」

私はベッドに腰掛け、少し残念に思いながら彼を見つめた。

「そっかぁ、もう引退なんだね。高校の三年間って、あっという間なんだ。私も昭ちゃんの試合、直接見に行って応援したかったな。優勝したんでしょ？　すごいなぁ、昭ちゃん小学生の時から剣道やってたけど、すごく強くなったんだね」

それまで真面目な顔をしていた昭ちゃんは、少し照れたように眉を寄せる。

「別に、わざわざ見に来るほどたいしたものじゃない」

「そんなことないよ。小学生の時見た試合は、すっごく緊迫感があって空気がピリピリしてて、見てるだけの私が泣いちゃったもん」

その言葉を聞き、昭ちゃんは低い声をたてて笑った。

「昔のお前、泣き虫だったからな。今もか」

昭ちゃんは子供の頃から落ち着いていたし、礼儀正しい。剣道を習っていることが彼の人格形成に大きな役割を果たしているのだろう。

「今の昭ちゃんの試合は、もっとすごいんだろうなぁ。早く見に行きたい」

「部活はやめたけど、道場には通ってる。またいつでも見に来ればいい」

「うん、そうだね」

それまで朗らかに会話が続いていたが、昭ちゃんは椅子に真っ直ぐ座りなおし、私を真剣な表情で見つめる。

「検査結果が出る日だって聞いてたから」

それを聞き、申し訳なく思いながら頭を下げる。

「いつもごめんね、学校で疲れてるのに、遠回りさせて病院まで来させちゃって」

「謝るなって言ってるだろ。俺が来たいから来てるだけだ。で、どうだった？」

焦ってそうたずねる昭ちゃんを安心させたくて、私はやわらかく微笑んだ。

「うん、問題ないって」

それを聞くと、昭ちゃんの表情もやわらいだ。

「そうか、よかった。それなら明日から三日間、一時帰宅出来るんだろ？　おばさんが、荷物をまとめておいてくれって言ってた。後で車で取りにくるって」

小学生の頃からの付き合いなので、昭ちゃんは私の家族から見ても息子のようなものだ。彼が私の精神的な支柱になっていることを、うちの両親も分かっているのだろう。

「お医者さんに許可をもらったから、明日から帰宅出来るって。それに無理をしなければ、外出も大丈夫だって」

「そうか」

昭ちゃんは寡黙《かもく》な人だ。必要以上のことは喋らない。それでも私の容態が落ち着いていると知ったからか、先ほどよりも格段に明るい表情になった。私は目を細め、昭ちゃんのことを見上げる。

「ねぇ、昭ちゃん」

昭ちゃんは静かに耳を傾ける。一緒に夏祭りに行こう、と言いたかった。

けれど彼を夏祭りに誘って、本当に大丈夫なのだろうか？

考え出すと途端に不安でいっぱいになり、私は俯いた。

「……っ……ううん、何でもない」

お見舞いが終わると、昭ちゃんはまた来ると言って帰宅した。

＊

昭平が病室からいなくなると、影でひっそりとふたりの様子を見ていた愛梨は感心して溜め息をついた。

「ふたりとも、お互いのことがよく分かってるって感じですね〜」

別に隠れなくてもこの時間軸ではあおい以外に姿を見られることはないのだけれど、何となく邪魔をしてはいけないと思い、すみっこに身を潜めていたのだ。

あおいははにかみながら言う。

「小学生の時は、よく夫婦夫婦ってからかわれました。私は小さい頃から身体が弱くて、よく学校を休んでいたんですけど、それでも小学二年の時までは、まだ普通に登校出来る日が多かったんです。それがだんだん具合が悪くなって、ほとんど毎日入院するようになって……」

自分と同じ年頃の少女が、毎日病室でひとりで過ごしてきた。愛梨はそのことを想像すると、切ない気持ちになった。

「お互い子供の頃から知ってるけど、昭ちゃんは、すごく格好良くなりました。剣道も大きな大会でたくさん優勝して、実は女の子からも人気があるんだって、同級生の友達に聞きました。私はなんにも変わらなくて、何も出来ないままなのに」

白露は前に進み出ると、あおいに問いかける。

「あなたが後悔しているのは、夏祭りの日ですね」

それを聞いたあおいは、はっとしたように目を見開いた。

その日のことを恐れるようにきゅっと指を組んで、少しずつ言葉を紡ぐ。

「そうです。一時帰宅した、翌々日。昭ちゃんと、ふたりで夏祭りに行くことになっているんです。だけどその帰り道、私のせいで、昭ちゃんとケンカして、突然道に車が突っ込んで来て、それで、それで昭ちゃんは、私を庇うために……」

悲しすぎてその先は言葉に出来ないというように、首を振る。

愛梨もかける言葉が見つからず、視線を落とした。

「結局、謝ることすら出来なかった。私……ずっとそのことを後悔してたんです。間に合わなくなる前に。昭ちゃんと会えなくなる前に、せめて彼に謝りたい」

あおいは白露の手をつかみ、懇願した。

「彼は私といないほうが、幸せになれるはずなんです。どうにかなりませんか？　私がもしお祭りに行くのを辞めたら、運命は変わりますか!?　私がいなかったら、昭ちゃん、事故に遭わなかった……。私がお祭りに行こうって言わなければ。そもそも私と出会わなければ、昭ちゃんは今頃、もっと、幸せだったかもしれない。私が、私がいるから……」

声を荒らげて動揺するあおいに対し、白露は冷静に告げた。

「最初に言わせていただいたように、我々のお手伝い出来ることには限りがあります。夏祭りに行かなくても、もちろんいいですよ。ただ、時間をさかのぼれるのは一度きりだということをお忘れなく」

あおいは力が抜けたように目を閉じる。

「そう、ですよね。むしろこうやってもう一度会えるだけで、奇跡みたいで……十分贅沢《ぜいたく》ですよね。だけど私、昭ちゃんを助けたい」

彼女の声が、涙で滲んで掠れていく。

「昭ちゃんと、ずっと一緒にいたい。本当は、これからもずっと」

一度溢れた涙は、堰を切ったように次から次へと流れていく。

「……ごめんなさい」

いたたまれない気持ちになった愛梨は、彼女をしばらくひとりにしようと考えた。

「いえ、私たちは、外に出ていますから。気にしないでください」

病室の扉ごしに、押し殺したようなあおいの泣き声が聞こえた。

愛梨は眉を寄せ、俯きながら苦しげに漏らす。

「白露さん。あおいさんのために、何か私が出来ることはないんでしょうか?」

「ありませんね」

きっぱりと言い切られ、胸の奥に重い物が沈んだような気持ちになった。

白露は表情のない顔で佇んでいる。念を押すように、白露は付け足した。

「人の生き死には変えられません」

「どうしてもですか？　何をしても、奇跡はおきませんか？　過去に戻ることで、小さな変化はありますよね？　それで運命が変わっているってことは、もしかしたら、奇跡だって起きるんじゃないですか？　昭平さんが助かる方法は、ないんですか？」

「説明が難しいんですが、私の力は数ある可能性の一つを繰り返しているに過ぎません。無数にある可能性の扉の一つを開くための鍵を、お客様に提供しているのです。しかし人の生き死には変えてはいけない。それが私に与えられた制約です。もしそこを変えてしまえば、代償がどこかで支払われる」

白露は意味ありげな視線で愛梨を見下ろした。

何か言いたいことがあるという表情だけれど、愛梨には彼の伝えたいことが何なのか分からない。

「……白露さん？」

「運命というのは、それこそ神が、自分の力をすべて使い果たすくらいすべてを捧げないと、覆らないものなのです」

それを聞いた愛梨は、全身の力が抜けてしまいそうになった。

「ただ、見守るだけ……。じゃあ私たちは、どうしてここにいるんでしょう？」

その言葉に、白露は何も答えてくれなかった。

たったひとりの大切な君へ

一時帰宅の許可をもらった翌日、私は久しぶりに実家に帰り、家族団欒《だんらん》を楽しんでいた。妹と弟に会うのも久しぶりだ。ふたりともなかなか会えないのに私を慕ってくれ、家のどこに行っても離れたくないというようにくっつき回っていた。

帰宅した私は昭ちゃんに、「一緒に夏祭りに行こう」と誘う電話をかけた。

祭りに行けば、昭ちゃんは事故にあう。

だからこそ夏祭りに行くべきかどうかずいぶん悩んだ。しかし白露さんには、祭りに行くのをやめたところで運命は変わらないと言われた。それならやっぱり、貴重な一時帰宅の時間を昭ちゃんと過ごしたいと思ったのだ。急な誘いだったが、彼は祭りに行くことを快諾してくれた。

夏祭りに行くと言うと、愛梨さんははしゃいだ声で提案した。

「あおいさん、せっかくのお祭りなんですから、浴衣を着てはどうでしょう？」

「浴衣、ですか……」

前回お祭りに行った時は普通のワンピースだったけれど、どうせなら浴衣を着た方が雰囲気が出る。

私は母に聞き、浴衣のある場所を教えてもらう。ちょうど親戚のお姉さんからもらった浴衣があったらしい。たんすの引き出しを開けると、紺色の生地に紫のあじさい柄の、落ち着いた浴衣が出て来た。しっとりとした、大人っぽい雰囲気だ。

「素敵ですね！　あおいさんにぴったりです！」

「でも私、着付けの仕方が分からないんです」

不安に思いながらそう言うと、愛梨さんは自信満々に胸を張った。

「任せてください！　私があおいさんの浴衣を、ばっちり着付けてみせます！」

愛梨さんは慣れた様子で腰紐を結んで、手際良く浴衣を整えていく。私は感心しながら、彼女の邪魔をしないよう両手を開いたポーズのままで動きを止めた。

「すごいですね、愛梨さん。魔法みたいです。和服、慣れてるんですか？」

「おばあちゃんが着物が好きな人で、昔はよく教えてもらったんです。好きな人と出かけるんですもん。一番かわいい服装で行きたいですよね！」

私は嬉しくなって、愛梨さんのことをじっと眺めた。

「そうですね。愛梨さんは、好きな人とかいらっしゃるんですか？　もしかして、白露さんですか？」

そう尋ねられた愛梨さんは、動揺して手に持っていた作り帯をその場に落とした。

「なっ、何で白露さん⁉　だってあの人、狐のあやかしですよ⁉」

愛梨さんはキョロキョロと周囲を注意深く見渡した。彼に聞かれることを警戒しているのだろうか。白露さんは祭りの時間まで暇だから、その辺を散歩してくると言っていた。

とはいえ、どこかで私たちの会話を聞いていてもおかしくない。人間より聞こえがよさそうな耳の形をしているし。

彼女の様子が微笑ましくて、自然と頬が緩む。

「確かに狐さんですが、白露さん、とっても格好いいですし……それに愛梨さんのことを見守る目が、優しいなと思いました」

「いや、私と白露さんなんて、会ったばっかりですし！」

「あれ、そうなんですか？　てっきり昔からのお知り合いかと」

「そうです、本当に最近で。どうして白露さんのお手伝いをさせてもらえることになったのか、実は私にもよく分からないんです」

私は目を細め、幸せな気持ちで言う。

「私は何となく分かりますよ。愛梨さんと一緒にいると、元気をもらえますもの。きっと白露さんも、愛梨さんから元気をもらいたいって思ったんじゃないでしょうか」

過去に戻る手伝いをしてくれたのが、彼女でよかったと思う。病気の私に必要以上に同情することもなく、真剣に話に耳を傾け、まるで自分のことのように頑張ってくれる。愛梨さんは私の髪の毛を浴衣に似合うようアレンジしながら、そうかなぁ、と首を捻った。

夕方になると、昭ちゃんは時間通りに私の家を訪れた。

母が昭ちゃんと話している声が聞こえた。余計なことを言わないか気になって、扉の隙間からチラリと玄関を覗いた。

「昭平君、いつもうちの娘がお世話になっていて申し訳ないわねー。ごめんねー、いつもわがままばかりで」

昭ちゃんはピンと背中を伸ばし、真面目な表情でハキハキと答える。

「いえ、こちらこそせっかくの一時帰宅なのに、無理を言って連れ出してしまって申し訳ありません。あおいさんをしばらくお預かりします。九時までには、必ず帰ってきますので」

誠実な声でそう言って、お辞儀をする。愛梨さんは彼の様子に感心し、拍手をした。

「はぁー、昭平さんって本当に、責任感のあるしっかりした人ですねぇ」

いつの間にか戻って来た白露さんが、隣に並んで返事をする。

「あおいさんの病気は簡単には治らないものみたいですからね。支える人間もそれなりの覚悟が必要なのでしょう」

私は早く浴衣を見て欲しくて、玄関へと急いだ。

「お待たせ、昭ちゃん」

声をかけるとそれまで無表情だった昭ちゃんは、私が浴衣だと思っていなかったせいか、珍しく驚いた表情で固まった。

「どうかな、変じゃないかな」

緊張しながら問いかけると、昭ちゃんは照れくさそうに視線を逸らす。

「え？　あー、まぁ変ではないな、変では」

「何それ」

よかった、喜んでくれているみたいだ。私は家を出る時、ちらりと白露さんと愛梨さんの方へ視線をやった。愛梨さんは満面の笑みでぶんぶんと手を振る。

「私たちはおふたりの邪魔にならないところで見守っていますので、どうぞお祭りを楽しんでくださいっ！」

彼女が声を張り上げてそう叫んだのを聞き、私もはにかみながら小さく頷いた。

「ほら、買ってきたぞ」

お祭り会場へと移動した私たちは、屋台の前を歩いていた。そんな中で、考え事をしていた私は昭ちゃんの声にはっとして顔を上げる。

「……どうした？　具合悪いか？　人混み平気か？」

不安そうに問いかける昭ちゃんに私はにっこりと微笑んで、彼から焼きトウモロコシを受け取る。

「平気平気。次は何を食べようかなって考えていただけだから」

「そうかよ。食べてばっかりだな」

「トウモロコシ、ふたりで半分だとちょうどいいね」

私は熱々のトウモロコシを食べ終わると、次はかき氷を購入する。

トウモロコシにかぶりついた。

かき氷を食べながら歩いていた私は、昭ちゃんの顔を見て声をあげた。

「昭ちゃん、大変だよ！」

「何だ？」

「舌が青くなってる！」

「ブルーハワイの味を食べたからな」

「ダメだよ昭ちゃん、私みたいにいちご味を食べないと」

「舌が青くなるのを気にして選んでいたら、一生いちご味しか食べられないじゃないか。俺はそんな退屈な人生、ごめんだね」

その言葉にくすくすと笑ってしまう。なんて楽しいんだろう。この時間が、ずっと続けばいいのに。

ストローでシャクシャクと氷を溶かしながら、私は目をぱちぱちと瞬かせる。

「そういえばブルーハワイって、一体何味なんだろうね」

「よく分からんが、トロピカルな感じじゃないか」

そんな言葉を交わしながら私と昭ちゃんが歩いていると、少し離れた場所から女の子に声をかけられた。

「あれっ、もしかして政木君!?」

そう言ったのは、浴衣姿の少女四人組だ。昭ちゃんの姿を見つけて、彼女たちはきゃあきゃあと声をあげる。

「本当だ！　政木、こんな所で何してるの？」

昭ちゃんはあっという間に女子たちに囲まれてしまった。こうなることは分かっていたはずなのに、嫉妬で胸がチクリと痛む。

「何してるのって、普通に祭りに来たんだよ」

「えー、政木君って夏祭りとか来るキャラ!?」

「キャラっていうのが意味が分からないが、来るぞ普通に」

彼女たちはその返答が嬉しかったのか、より声を高くした。

「ねぇねぇもしかしてその子、彼女？」

「まじで!?　意外、政木君ってそういうのいるの!?」

「こんにちはー！　政木君と同じクラスの者です」

「同じクラスの者ですって何だよ！」

前回の時にも聞いた。同じ学校に通い、同じ教室で昭ちゃんの姿を見られる彼女たちが、どうしようもなく羨ましかった。

私は軽く会釈《えしゃく》をするけれど、うまく笑える自信がなくて、彼女たちから距離を取る。

彼女たちの騒がしい声は、いかにも若い女の子らしいテンションだけれど、騒がしいのが苦手な私は気後れしてしまう。少し離れた場所で、俯いて自分の足元を見つめた。

「そっかー、政木君に彼女がいるって噂、本当だったんだ。あたしの友達、政木君のこと割と本気でいいなって言ってたんだけど」

「何だそれ、意味が分からん」

困惑気味に話す昭ちゃんを見ながら、私は前回自分がとった行動を思い出していた。

＊

少女たちの騒がしい様子に居心地が悪くなった私は、ひとりでそっと彼らの輪を抜け出した。昭ちゃんに悪いと思ったけれど、蚊帳《かや》の外から楽しそうな彼らを見ているのは辛かった。

私がいなくなったのに気付いた昭ちゃんは、慌てて追いかけてくる。

「おい、あおい待てって！　じゃあ俺、もう行くから」

私はひどい頭痛と目眩、それに吐き気を感じて、静かな場所を目指して歩いた。

人混みが気持ち悪い。屋台がある通りから外れ、近くにある神社の石段を上がると、だいぶ人の気配を感じなくなった。昭ちゃんは私のことを必死に追いかけ、石段の途中で座り込んだ私の頭を撫でた。

昭ちゃんはいつも私のことを最優先に考えてくれる。それを嬉しいと思う反面、彼に無理をさせている罪悪感でいっぱいになる。

「外に連れ出すのは、無理しすぎたかな。そろそろ家に帰ろうか」

私はその言葉を頑《かたく》なにはね除ける。

「嫌だ」

昭ちゃんは困り顔でこちらを見下ろす。

「……あおい」

「私、帰りたくない」

この時間を、終わりにしたくなかった。

もう二度と病院には帰りたくない。そんなことが不可能だと分かっていても、言わずにはいられなかった。

「わがまま言わないでくれ。困るよ」

心臓がぎゅっと痛んだ。

「昭ちゃんは、私がいると困るよね」

「何を言っているんだ？」

「クラスの子と話してた方が、楽しそうだった」

それを聞いた昭ちゃんは、むっとしたように顔をしかめる。

「意味が分からない」

「昭ちゃん、やっぱり人気あるんだね。私より、きっと同じ学校の元気な女の子と付き合った方が、絶対に楽しいよ。私なんかといるから、昭ちゃんは苦労してばっかりだし……」

「おい、その辺でやめておけ」

彼が冷静に忠告したのが、より私の心を傷つけた。

勝手なことを言っているのは分かっている。昭ちゃんがどれだけ多くの物を犠牲にして自分に尽くしてくれているのか、嫌というほど理解している。部活で忙しいのに、受験勉強もあるのに、疲れているのに、それでも昭ちゃんは毎週病院に通ってくれた。

会いに来てくれるのは嬉しい。彼が来てくれなかったら、とっくに私の心は折れていた。辛い治療をするのを放棄し、力尽きていたかもしれない。

けれど嬉しいと思う反面、本当はずっと聞いてみたかった。

「ねぇ昭ちゃん。私と別れたいと思ったこと、ない？」

彼の顔をまっすぐに見られない。昭ちゃんは寸分《すんぶん》の迷いもなくきっぱりと答えた。

「ないよ」

「……嘘。私といると、窮屈でしょう。ずっと私が体調を崩さないか、気にしないといけないし、身体が弱いから。夏なのに海に行ったりプールに行ったりも出来ない。長い距離を歩けないから、旅行や遊園地にも行けない」

時々不安になる。昭ちゃんにはもっと元気で明るい女の子が似合うのではないか。たとえば、愛梨さんのような。けれど義理堅い彼は、私のことを見捨てられない。

昭ちゃんの気持ちは、本当に恋人への愛情なのだろうか。病気の私の面倒を見てやらなければという、義務感ではないだろうか。

そんなことはないと思いたいのに、一度考え出すと止まらない。

「別に俺は海もプールも行きたくないよ。旅行や遊園地だって、行きたいなら元気になってから行けばいいじゃないか」

「元気になんてならないよ！」

昭ちゃんの目が、悲しげに見開かれる。

「どうしてそんなことを言うんだ？」

「知ってるんだよ、私、もうすぐ死んじゃうってこと」

昭ちゃんは自分にも言い聞かすように、はっきりと断言する。

「死んだりしない。元気になって、一時帰宅の日数だってだんだん長くなってるじゃないか」

「手術をしなければ、結局病気は治らないよ！　ゆっくり死ぬのを待つか、手術に失敗してすぐに死ぬか、そのどっちか！」

「簡単に死ぬなんて言葉を口にするな。手術に成功すれば、リハビリして、すぐに元気になる。前みたいに、学校にだって行ける」

私はぶんぶんと首を横に振る。

「嫌だよ、もう手術するの。病院にも戻りたくない！　昭ちゃんには、私の気持ちなんて分からないよ！　毎日毎日病院にいて、やることもなくて……」

彼を傷つけたいわけではないのに、優しい言葉が出てこない。

「友達にも会えないし、家族も私が入院してるから苦労ばっかりして、私がいるとみんなの迷惑になるばっかりだから、さっさと死んじゃえばいいんだ！」

そう言った瞬間、昭ちゃんに軽く頬を叩かれた。私は驚いて顔を上げる。

「……そんなことを言うあおいは、嫌いだ」

今までどんなわがままを言ったって、昭ちゃんに叩かれたことはなかった。

だけど彼は、私よりもずっと傷ついた顔をしていた。

瞳から、ボロボロと涙が溢れる。

『死んじゃえばいい』なんて、彼が一番聞きたくない言葉だっただろう。

自分はなんて卑怯で醜いのだろうと思う。

そう考えたら、彼の前にはいられなくなった。

「おい、あおい！」

彼を振り払い、石段を駆け下りた。

どこでもいいから、遠くに逃げたかった。どこにも逃げられないことを分かっていても。

石段を駆け下り、途中で苦しくなって、足を止める。

――苦しい。心臓が張り裂けそう。

昭ちゃんはその様子に気付き、私を必死に追いかける。

「あおい！」

ぎゅっと唇をかみ締める。

私ひとりじゃ、何にも出来ない。満足に、逃げることすら出来やしない。さらに逃げようとして、石段の途中で足をもつれさせ、転びそうになる。昭ちゃんは、咄嗟に私の身体を支えようとした。その直後、視界が真っ白に染まる。

車が飛び込んで来た、と思った瞬間、鋭いブレーキの音が聞こえた。

＊

過去のことを思い出していた私はぎゅっと目をつぶり、頭を振った。

あの時と同じことは、もう二度と繰り返さない。

今回は、昭ちゃんとケンカをするつもりはなかった。彼に怒りをぶつけることもしなければ、昭ちゃんの同級生への嫉妬を表に出すこともしない。

穏やかに昭ちゃんの友人たちと離れると、彼と手を繋いで、ゆっくりと歩いた。

下駄を鳴らして歩きながら、私は提案する。

「花火、見に行こうか」

「あぁ。どこで見る？　場所取りしてないと、座って見るのは無理だな」

昭ちゃんはこれから始まる花火のために待機している人集《だか》りを見て、辟易した顔をした。そして石段を上がった場所にある、神社を見上げた。

「あそことか、意外と穴場だったりして……」

「そこはダメ！」

突然大きな声を出した私に、昭ちゃんは驚いたように目を見開いた。

「別のところにしよう！　私、良い場所知ってるよ」

前回の事故が起こった、神社の石段には近づきたくなかった。昭ちゃんの手を引き、人々が集まっているのとはどんどん逆方向へ進む。

そして会場から少し離れた通り道を歩き、寂れた廃ビルへ案内する。立ち入り禁止の鎖をくぐり抜け、非常階段を昇っていく。

「おいおい、ここ入って大丈夫なのか？」

「うん、このビルね、知り合いのおじさんの建物なの。入ってたお店とか全部潰れちゃって、もうすぐ取り壊し予定なんだけど……なかなか穴場でしょ？」

非常階段を上がると、やがて目の前に景色を遮る建物は一つもなくなった。人もいないし、ここなら落ち着いて花火を見ることが出来るだろう。

私は楽しくなってきて、階段の手すりから上半身を乗り出す。

「おい、落ちるなよ。危ないから、もっと下がれって」

それを聞いて、くすくすと笑った。

「ごめんね、どうしてもはしゃいじゃって」

そんな話をしているうちに、一発目の花火が打ち上がった。

祭りの会場から、わーっと歓声があがる。それを皮切りに、鮮やかな花火が次々と夜空に咲く。

「花火、綺麗だね。入院中、ずっと考えてたんだ。もし昭ちゃんをお祭りに誘えたら、ここに来ようって。どうしても、昭ちゃんと花火が見たかったんだ」

前回は昭ちゃんが同級生と楽しそうに話す姿に嫉妬して、まともに花火を見る余裕がなかった。

だから今度はちゃんと、すべてを自分の瞳に刻みつけておこうと思った。

夜空を覆い尽くすような花火の眩しさ。

心臓に直接響くような、打ち上げ音。

花火が散った後の、一瞬の暗闇と静寂。

目を細めて幸せそうに花火を見上げる、昭ちゃんの横顔。

そして彼は私の視線に気が付くと、さっきよりも嬉しそうに笑う。

「綺麗だな。俺、本当はそこまで花火に興味なかったんだ。だけど、あおいと見られてよかった。心から、そう思うよ」

優しい声が耳元で響くと、自然と涙がこぼれそうになった。

必死に笑顔を作り、昭ちゃんに話しかける。

「昭ちゃん。私たち、別れようか」

細い火柱が何本も何本も、光の絨毯のように無数に空から降りそそぐ。

その眩しさから少し遅れて、パラパラパラと火薬の弾ける音が聞こえた。

昭ちゃんは決して取り乱さず、落ち着いた様子だった。

波のない海のように静かな瞳で、じっとこちらを見つめる。

「どうしてそんなことを言うんだ？」

もう彼の手を離して、昭ちゃんは自由にしてあげたい。一方で私が本気で別れたいと思っていないことなんて、昭ちゃん。全部お見通しのようだ。

「……あのね、昭ちゃん。もし、私が未来のことが分かるって言ったらどうする？」

白露さんは言った。運命を変えることは、出来ないと。

それでも過去に戻ることが出来たのだから、少しだけ足掻いてみたい。

昭ちゃんはいつものように、真剣に私の言葉に答えた。どんなにくだらないことを問いかけても、昭ちゃんはいつも真剣に答えてくれた。あまり笑わないし喋らないから、時々人から怖いと言われたりもするが、昭ちゃんは底抜けに優しい。

付き合いが長い人間は、みんな昭ちゃんの心の広さと情の厚さを知っていた。私だってそのことを、誰よりも深く知っていた。みんなに教えたいと思う一方で、誰にも教えずに独り占めしたかった。

昭ちゃんは落ち着いた声で言う。

「知りたくないな、未来のことなんて。それに聞かなくても分かる。どんな未来でも、俺はずっとあおいの隣にいると思うよ」

　ずっと側にいたい。私も心からそう願いながら、昭ちゃんの手を握る。

「……昭ちゃん、私、また手術を受けないといけないみたいなの」

「うん、聞いたよ」

「私、迷ってるんだ。もう、手術しなくてもいいかなって」

「どうしてだ？」

「手術するとね、目が覚めた時、すごく痛いの。痛くて痛くて苦しくて、ひとりで何にも出来なくて、呼吸さえまともに出来なくて。どうして自分はここにいるんだろうって思う。大きな手術を受けるのは、三回目になる。でも、もう後がないんだって。手術をするのも、体力を使うから。今回失敗したら、多分助からない」

「……あぁ」

「だったらもう苦しい思いをして、生き続けなくていいんじゃないかって思うの」

「あおい、それは……」

　私は笑いながら言う。

「あのね、後ろ向きな言葉じゃないの。だって私、もともと高校生になるのは無理って言われてたんだよ？　それなのに、こんなに長い時間生きられた。その間、ずっと昭ちゃんは側にいてくれた。私、すごく幸せだったよ。だから、もういいんじゃないかなって」

投げやりなわけではない。彼に伝えたいことはいくらでもあるのに、本当に今話す言葉がこれでいいのか、正解は分からない。

「私、普通の女の子と同じように、学校に行けなかった。学校の行事には、まともに参加出来たことがない。遠足とか運動会とか、羨ましかった。友達と放課後、ケーキを食べに行ったり、カラオケに行ったり、家族で旅行に行ったり、そういう、普通の子にある当たり前の思い出とかない」

握った手の平から、昭ちゃんの鼓動が伝わってくる。

生きてるんだ、と思う。

まだ生きてる。ちゃんと生きている。

「だけど昭ちゃんは、いつも私に会いに来てくれたよね。本当のことを話すとね、私、昭ちゃんが来なくなればいいのにって思ったこともあるんだ」

「迷惑だったか？」

私は首を横に振る。

「迷惑なのは、私のほう。昭ちゃんの……みんなの負担になりたくないよ……」

そう言って俯く私の身体を、昭ちゃんは強く抱きしめた。

「みんな、あおいが大切だから頑張ってるんだ。負担になんて思ってない」

それから少し身体を離すと、嘘のない真っ直ぐな瞳を私に向けた。

「あおい、手術を受けて欲しい」

「昭ちゃん……」

「今日はあおいに、それを伝えたかった」

前回の時は、聞けなかった言葉だ。

私の肩に置かれた昭ちゃんの手が――小さく震えている。

それに気付き、私ははっとした。本当は、彼も怖がっているんだ。

ただ表情に出さないだけだ。私は、どんな顔をしていいのか分からなくなった。

「でも、失敗するかもしれないんだよ。そうしたら、死んじゃうんだよ」

「あおいが怖いって思うのは当然だ。だけど今のまま入院していても、ゆっくり身体が弱っていく。心臓は、生まれた時からずっと動き続けている。あおいの心臓はその間、ずっと負担がかかっているんだろ。だから一刻も早く、負担を減らすために手術をしたほうがいいって、おばさんに聞いた。間に合わなくなる前に、手術が受けられるうちに、病気を治してほしい」

「私、怖いよ。昭ちゃんに会えなくなるのは、怖い」

「……俺も怖いよ」

その言葉を聞いて、私は泣きながら微笑んだ。

どうして今まで分からなかったのだろう。

私だって、もし昭ちゃんがいなくなると考えたら、恐ろしくてたまらない。大切な人が居なくなってしまうのは、誰だって怖いに決まっている。彼もずっと怖かったのだ。だけど私は、それに気付こうともしなかった。

「昭ちゃん、ありがとう、教えてくれて」

私は彼の身体を抱きしめ、そっと唇を重ねた。


花火はまだ続いていたけれど、そろそろ時間切れだ。

私たちは手を繋いで非常階段を降り、家に向かって道路を歩く。家に帰れば、今日が終わってしまう。今日が終われば、昭ちゃんに二度と会えなくなる。

――この時間が、永遠に続いたらいいのに。

そんなことを考えていた、瞬間だった。突然耳をつんざくようなブレーキ音とともに、黒い鉄の塊が目の前に飛び込んでくる。

どうして、と思ったが、避ける暇もなかった。

大きな手に身体をはね飛ばされ、私は地面に倒れた。

「痛っ……」

痛い、苦しい。意識が朦朧《もうろう》とする。

自分の身体から、どんどん血が流れ出していく感覚があった。それでも這いずるように地面を移動し、昭ちゃんを求めて手を伸ばす。

暴走した車に轢かれた彼が、ぐったりした様子で近くに倒れていた。

昭ちゃんが、私のことを守ってくれた。

頭ではそう理解するが、思うように身体が動かない。車は壁に衝突し、フロントが大破している。運転手も意識を失っているらしく、ぐったりとした様子でハンドルに上半身を預けていた。

目の前が真っ白になる。

「昭ちゃん！　昭ちゃん！　しっかりして……！　すぐに、すぐに助けが来るから！」

腕が、身体全部が、恐怖でガタガタと震える。視界が涙で霞んで、よく見えない。

手探りで必死に腕を動かし、ようやく昭ちゃんの身体をつかむ。

「……あ、おい……？」

名前を呼ばれ、私は昭ちゃんの腕にすがりつき、返事をする。

「昭ちゃん！　昭ちゃん、私の声聞こえる!?」

困惑しながらも、昭平は自分の身に何が起きたのか、一瞬で理解したようだった。

苦しげに手の平を持ち上げると、私の頬を撫でる。

「あおい、俺の話、聞いて」

私は彼の手の平に自分の手を重ね、瞳に涙をためて頷いた。

「昭ちゃん！」

「大好きだ、あおい。俺はあおいに会えてよかった。お前が思っているよりも、ずっとあおいのことが好きだよ。だから、ずっと笑顔でいて」

私はボロボロと涙を流しながら、必死に叫ぶ。

「昭ちゃん、嫌だ、置いて行かないで！　昭ちゃん、昭ちゃん！」

あの日も、彼は自分を置いて行った。

だから今回こそは、同じ過去を繰り返さないように、神社に行くのをやめて、違う場所で花火を見たのに。

結局何も変えられないのだろうか。無力さで頭がおかしくなりそうだった。

それなのに昭ちゃんは、微笑んでいた。

「あおい、大好きだ」

痛いはずなのに、苦しいはずなのに。

それでも彼は笑いながら、最後にはっきりと言った。

「俺の分まで、生きて」

彼が残してくれたもの

気が付くと、愛梨たちは白露庵に戻っていた。

愛梨は先ほどの出来事を思い出し、動揺しながらあおいの姿を探す。

彼女に警告する時間すらなかった。すべてが一瞬の出来事で、危ないと思った次の瞬間には、ふたりとも車に轢かれていた。

蝶の鱗粉《りんぷん》のような光の粒が、ふわふわとあおいの周囲で輝いている。

あおいは宙に浮かんだ状態で、愛梨を見下ろしていた。

愛梨は驚いて言葉を失う。

――まるで幽霊のようだ。

白露は最初からそれを分かっていたかのように、落ち着いた様子で彼女に話しかけた。

「魂だけの状態になってなお私の店に訪れるお客様は、久しぶりです」

あおいは今にも消えてしまいそうな、儚い声で答える。

「私と昭ちゃん、事故にあったんです。昭ちゃんは、どうなったんですか？」

白露は抑揚のない声で冷静に告げた。

「……亡くなりましたよ。前回の時間でも、今回でも、昭平さんは助かりませんでした。あなたは事故の衝撃で魂だけの存在になり、ここに辿り着いたみたいですね」

やっぱり昭平を助けることは出来なかった。

愛梨はその事実を知って、深い悲しみに襲われた。

白露には、最初から不可能だと言われていた。それでもどうにかしたかった。

愛梨だって、ふたりを助けたかった。やりきれない思いで、愛梨はぎゅっと歯を食いしばる。

あおいは両手で顔を覆い、膝を折って絶望に染まった悲鳴をあげる。

「どうして昭ちゃんなの？　昭ちゃんが助かれば、私は何もいらなかったのに。昭ちゃんの命が助かるのなら、私の命なんていらなかったのに」

白露はそれを聞かなかったように、いつもと同じ調子で話しかけた。

「今のあなたは、幽体離脱しているようなものです。これから自分の身体に戻られますか？」

あおいは自分の両手の指先を見つめる。腕から指先に向かうにつれて色がだんだん薄くなり、指先にいたってはほとんど透明だった。今にも消えてしまいそうだ。タイムリミットが迫っているのかもしれない。

「もし私がこのまま死にたいって思ったら、死ぬことも出来ますか？」

愛梨は顔を強ばらせる。

白露は何でもないように、涼しい笑顔で答えた。

「えぇ、出来ますよ。あなたの自由です。そちらをお望みですか？」

白露の瞳に背筋が凍るような、冷たい光が宿る。

「もしあなたがそれを望むなら、私が案内してさしあげます」

「白露さんっ!?」

愛梨はあおいに詰め寄り、声を張り上げた。

「あおいさん、死ぬなんて本気で考えていませんよね!?」

あおいは虚ろな瞳で床に視線を落としている。

白露は淡々と言葉を続けた。

「肉体に戻れば、あなたは再び痛みや苦しみと戦うことになります。昭平さんがいなくなったという、心の痛みにも耐えなければなりません。生きていくということは、苦しみと共にあるということです。あなたにその覚悟はありますか？」

「ずっと、考えていたんです。事故にあった時に私も一緒に死ねば、昭ちゃんと一緒にいられるのかなって。天国があるのかどうかは、分からないけど。これから手術を受けて、もし成功しても、身体が完全に回復するのには時間がかかります。苦しみに耐えながら、昭ちゃんのいない世界で生きるより、昭ちゃんのところに行けるなら、そっちの方がいいかもしれないって」

そう呟くと、だんだんとあおいの手が薄くなっていく。

彼女の身体が光り輝き、光の粒が舞い上がるのと同時に、あおいも透明になっていく。あおいは今にも消えてしまいそうだった。

それに気付いた愛梨は、あおいの腕を必死に握りしめた。

「だめです！　もし今あおいさんが死んでしまったら……そうしたら、昭平さんの気持ちはどうなるんですか⁉」

あおいは悲鳴のような声をあげ、愛梨の手を振り払おうとする。

「愛梨さんには、私の気持ちなんて分かりませんっ！」

泣きじゃくりながら、嗚咽《おえつ》交じりの声をあげる。

「……変えられなかった。何も出来なかった。昭ちゃんを助けたかったのに。大切な人を失って、それでも苦しみながら生きるなんて、私にはもう出来ない」

「確かにあおいさんの気持ち、全部を理解することなんて出来ません。でも、私も悔しいです。本当なら、ふたりとも助けたかった。絶対に、助かって幸せになって欲しかった……」

「愛梨さん。どうしてそこまで……」

愛梨はきゅっと眉をあげ、続けて訴える。

「でも、何も変わらなかったわけじゃないです。思い出してください！　昭平さん、言ってたじゃないですか。あおいさんに、生きていて欲しいって！　あおいさんの笑顔が見たいって、そう言ったじゃないですか！　昭平さんは、自分のすべてを懸けてあおいさんを助けたんです。それくらい、あおいさんのことが大切だったんです。それなのに、あおいさんは彼の言葉を忘れてしまったんですか⁉」

愛梨の言葉を聞き、あおいははっとしたように目を見開く。

「昭ちゃんの、言葉……。そうだ私、前回は聞けなかった言葉を、昭ちゃんにもらったんだ。昭ちゃんは、私に生きて欲しいって言った。大好きだって、俺の分まで生きてって。笑っていて欲しいって、そう言った。だけど……だけど、私……」

まだ迷っている様子のあおいに対し、それまで黙っていた白露が、何かを差し出した。

「昭平さんがあなたに渡すはずだったプレゼントです。事故が起きた場所に落ちていたので、失敬してきました」

あおいは不思議そうに両手を差し出す。

「昭ちゃんが、これを私に……？」

白露は淡々とした様子で説明する。

「あなたたちが浴衣を着付けている時、私は彼の様子を見ていました。それを購入する時、昭平さんは手術が成功するようにお守りとして、あなたに渡すつもりだと話していました」

それは銀色の、華奢《きゃしゃ》なブレスレットだった。所々についた青と水色のビーズは渚《なぎさ》のしずくのようで、美しい海を思わせた。

愛梨は優しく微笑みながら言った。

「きっとあおいさんのことを考えながら、選んだんですね。だってそのブレスレット、あおいさんにぴったりですから」

あおいは大切そうにそのブレスレットに触れる。

それから言葉にならない声で、昭ちゃん、と呟いた。

白露は落ち着いた眼差しで説いた。

「昭平さんの願いを叶えられるのは、あなただけです。今諦めたら、昭平さんのしたことが、すべて無駄になってしまうのではないですか?」

あおいは涙を拭い、ブレスレットを腕につけると、決意を固めた表情で頷いた。透明に透けていた彼女の身体に、少しずつ色が戻っていく。

「私、もう逃げません。まだ怖いけど……昭ちゃんのいない世界を、すぐに受け入れられそうにはないけど。だけど昭ちゃんに助けてもらったのに、こんなに大切に思われていたのに、弱音ばかり吐いていたら、怒られてしまいますね」

愛梨はその言葉に何度も頷いた。

「あおいさんなら、絶対大丈夫です。私、信じてます。だから諦めないでください」

そんな愛梨の姿を見て、あおいは嬉しそうに微笑み、愛梨の手の平を両手で包んだ。

「ありがとう、愛梨さん。あなたが私のことを見守ってくれていて、嬉しかった。あなたに出会えてよかった」

そう呟いた後、彼女の身体は花火が散ってしまうように、儚い光を残して消えてしまった。

「あおいさんっ！」

愛梨はあおいの姿が消えたのに動揺し、白露に訴える。

「白露さん、あおいさんはどうなったんですか!?」

白露は落ち着いた様子で愛梨をなだめる。

「心配しなくても、彼女の魂が自分の身体に戻っただけです」

「そう、ですか……」

一瞬ほっとしたけれど、考えれば考えるほど、深い後悔が愛梨を襲った。

「だけど、助けられなかった」

さっきまで必死に堪えていた涙が、目尻から流れ落ちる。

「昭平さんのこと、助けられなかったよぉ……。何が起こるのか知っていたのに。もっと私に出来ることが、あったかもしれないのに」

痛々しい彼女の姿に、白露は珍しく労《いたわ》りの声をかける。

「……愛梨」

「私、悔しいです。無力で、何も出来なくて」

「運命の糸は複雑に絡み合っています。たとえあおいさんがどんな方法をとっても、昭平さんが事故で死ぬのは変わらなかった」

「だけどこんなの、あんまりです。だってあおいさん、手術を受けるって決意したのに。手術が成功すれば、元気になって、これからはずっとふたりで一緒にいられるはずだったのに。遊園地だって旅行だって、どこにだって行って、今まで一緒にいられなかった分、たくさん思い出を作れるはずだったのに。こんなのって、残酷すぎる」

白露は冷たい指で、そっと愛梨の頬を流れる涙を拭った。

「そうでしょうか？」

「え？」

「ただ、残酷なだけでしょうか？　愛梨。昭平さんが亡くなるのは、確定していました。だけどあおいさんの運命は、まだどちらに進むか完全に決まっていません。もし昭平さんと仲違いしたまま彼が死に、あおいさんが自分を責め、生きることに絶望して手術を受けるのをやめれば、彼女の命も、あと数ヶ月も待たずに尽きたでしょう。

けれど昭平さんが命をかけて自分の気持ちを伝えたことで、あおいさんは自分の意思で生きようと決めた」

愛梨はその言葉をかみ締めるように、力強く頷いた。

どこかでチリンと、鈴の音が鳴り響くのが聞こえる。白露は言葉を続ける。

「特別な力なんてなくても、きっと人は考え方次第で、いくらでも運命を切り開けるんです。たとえその先にある悲劇的な未来が変わることはなかったとしても、彼は確かに、自分のすべてを懸けて、あおいさんを救ったのです」

愛梨はこぼれ落ちる涙を止められないまま、何度も頷いた。

「あおいさん、これからどうなるんでしょう？　手術を受ける決意をしたんですよね？」

本来、一度店を出た客に情が移り気にし続けるのはご法度だ。

しかし白露は、愛梨を咎めようとはしなかった。

「そうですね、代金をまだいただいていませんでしたから」

白露も同じように満月を眺めながら、ぽつりと呟いた。

「彼女の体調が安定する頃に、あおいさんに会いに行きましょう」

やがて彼女は歩き出す

愛梨はその日が来るまで、ずっと頭の隅であおいのことが引っかかっていた。何をしていても落ち着かず、ふとした時にあおいのことを思い出してしまって、家族や友達に不審がられた。

とにかくいてもたってもいられない時間を何日も何日も繰り返し、最後にあおいに会った日から、あっという間に三ヶ月程が過ぎた。

そしてある日曜日の夜、電車を何本も乗り継いで、白露に案内された病院に向かった。白露は病院に到着した後も、迷いなくどんどん進んで行く。

到着したのは、どうやらリハビリ室のようだった。風通しのよい、広くて開放的な部屋だった。リハビリ室の中には、運動器具や平行棒が並んでいる。その平行棒の間で、ひとりの少女が熱心に歩行訓練をしていた。

病院着を着て、細い腕で平行棒を握り締め、必死に前に進もうとしている。壁には彼女の物と思しき松葉杖が立てかけられていた。

離れた場所から横顔を見ただけで、彼女が水瀬あおいだと分かった。

愛梨は扉を勢い良く開き、彼女の名前を大声で叫んだ。

「あおいさんっ！」

突然名前を呼ばれたあおいはきょとんとした様子で、棒につかまりながら立ち止まる。

「あおいさん、あおいさん、あおいさんっ！」

愛梨は彼女に向かって駆け寄った。

「手術、成功したんですか!?　私、ずっとあおいさんのことが心配だったんです！」

あおいはしばらく呆然とした様子だった。それから苦笑いを浮かべ、困ったように問いかける。

「……あの、申し訳ありません。どちら様でしょうか？」

「あ……」

愛梨は彼女から離れ、言葉を失って立ち尽くす。後ろから歩いて来た白露が、呆れたように溜め息をついた。

「バカですね、あの店に来ている間の記憶は、店を出た瞬間に消えてしまうんです。前もそう教えたでしょう」

以前も白露に教えられた。

店にたどり着き、過去を変えられるのは一度だけ。

人の生死は特別な例外でもない限り、変えられない。

原則として、人を不幸にすることはしてはいけない。

そして客には教えていないルールが、もう一つある。

店を出た人間は、過去に戻っていたことと白露庵の記憶を失う。

ここに来る間にだって、理解していたはずだった。今のあおいにとって、白露と愛梨は会ったことも話したこともない、存在すら知らない完全な他人だ。そんな人間に突然話しかけられれば、困惑して当然だ。

分かっていたはずなのに、あおいの姿を見つけたのが嬉しくて、つい話しかけてしまった。

急な対応に慣れていない愛梨は、ぐるぐると考えを巡らせながら言葉を紡ぐ。

「ごめんなさい、えっと、私、天龍愛梨っていいます。あの、私、ほんの少しの間なんですけど……、えっと、以前、あおいさ……じゃなくて、昭平さんと話したことがあって」

昭平の名前を聞き、あおいの目が興味を持ったように見開かれる。

「あの、昭平さん、本当に、あおいさんのことが大好きだって、そう言っていました。だから、手術を受けて欲しいって。それで私、事故のこと、心配で……あおいさんがその後どうなったのか、ずっと気になっていて……だから、私……」

愛梨は完全にパニックに陥っていた。

怪しまれていると分かりながらも、意味のわからない言葉をしどろもどろにつなげる。

その様子を見て、あおいは優しく微笑んだ。

「ありがとう。愛梨さん……だったわね？　不思議ね、あなたと会うのは初めてのはずなのに、なんだかずっと会えなかった仲のいい友達に再会したような、そんな気持ちになったわ」

愛梨は涙がこみあげそうになるのをぐっと堪える。

「手術、成功したんですよね？」

恐る恐る問いかけると、明るい笑顔が返ってきた。

「うん、大成功。心臓の病気の方は、ほぼ完治したの。事故の時足を骨折したからまだひとりで歩くのは難しいけれど、リハビリがうまくいけば、退院して、学校にも行けるって。勉強とかすごく遅れてるから、留年は確実だけど」

「そうなんだ！　じゃあ、これからどんどん回復していくんですよね。よかった……」

あおいは棒をつかんでいた手に、ぐっと力をいれる。

「しばらく寝たきりだったから、足ガクガクしちゃって。でも、こうやって歩く練習をするのも、だいぶ慣れて来たのよ」

愛梨は彼女の言葉をかみ締めるように頷いた。

あおいが元気になったことを知りほっとした愛梨は、それまで気丈に振る舞っていた彼女の瞳から涙がこぼれるのを見て、言葉を失う。

「あおいさん……？」

自分でも驚いているように、あおいは困惑した様子で涙を拭う。

「ごめんなさい、どうしてだろう。最近はあんまり人前で泣いてなかったんだけど。あなたに会ったら、何だか懐かしくて。胸が、苦しくて。元気になったこと、本当は、昭ちゃんに一番に伝えたかった」

愛梨は何と言葉をかけていいか分からず、口ごもった。

言いたいことはいくらでもあったはずなのに、自分が言えることは何もない気がした。

あおいは自分で涙を拭いて、やわらかく微笑んだ。

「ダメね、泣いていたら。昭ちゃんが、私の笑った顔が好きだって、そう言ってくれたんです。だからいつまでも泣いていないで、笑わないと」

あおいの腕についていたブレスレットが、きらりと光った。

あぁ、彼女は乗り越えたんだ。愛梨はそう思った。あおいに会っていた時間はほんの僅かだったけれど、あおいはその時よりも、確実に前に進もうとしていた。

最初に出会った時の、幻のように儚く消えてしまいそうな少女の面影は、もうなかった。

あおいは額に流れる汗を拭い、眩しい笑顔で言う。

「私これから、今まで入院していて出来なかったことを、全部やります。友達をたくさん作って、行きたい場所に行って、どんなことでも挑戦して、夢を叶えて。それでいつか、昭ちゃんにまた会えたら……そうしたら、お礼を言いたいな。昭ちゃんが守ってくれた命だから、大切に使わないと」

愛梨は彼女の言葉に、何度も頷いた。

きっといつか。

それがずっと遠い未来だったとしても、ふたりがどこかで再会出来ればいい。

今までたくさん苦しんだ分、どうかあおいさんが、幸せになれますように。

――心の中で、強くそう願った。

ふたりの姿を少し離れた場所で見ながら、白露はあおいの方へそっと手を伸ばした。

すると彼の手に、ふわふわとした光の玉のような物が飛んでくる。

白露はそれを素早く親指と人差し指でつまみ上げた。

そして機嫌良さそうにふわふわの尻尾を揺らし、ぺろりと舌なめずりをして言う。

「今宵も美味しい思い出、堪能させていただきました」

第四話　我が強敵《ライバル》に捧ぐフルーツパフェ

月峰鏡華《つきみねきょうか》は許せない

白露庵に到着した愛梨は、鼻歌を歌いながら入り口の扉を開いた。

それから店の制服に着替え、床にモップをかけ、窓を上から下までピカピカに磨き、布巾を絞ると店内で一組だけのテーブルと椅子を丁寧に拭いた。

ちなみにこの店の店主である白露は退屈そうに、店内で雑誌を読んでいた。

あやかしでも雑誌とか読むんだな、と愛梨は少し不思議に思う。店主がサボっているのがちょっと理不尽にも思えるが、そもそも白露からここまで熱心に掃除をしろと言われたことはない。

それに愛梨はこの店の手伝いをしているだけで、厳密にはアルバイトでも従業員でも何でもない。掃除をまったくしなかったところできっと白露は怒らないだろう。それでも愛梨は元々掃除が好きだったし、どうせならこの店に訪れる人に快適にすごしてほしかった。この店に来る客は、一度しかここへ来られないのだからなおのことだ。

「よし、どこもかしこもピカピカ!」

白露庵のまるで老舗旅館のように趣きのある店構えは、いつ見ても素晴らしい。掃除が行き届いた店内に満足していると、それを見計らったように外から扉が開いた。

さっそく客が到着したようだ。

愛梨はシャキッと背中を伸ばし、礼儀正しくお辞儀をする。

「いらっしゃいませ！」

現れたのは、腰まで流れる長い髪をポニーテールに結んだ華奢な少女だった。

身長は百六十センチ弱くらいだろうか。顔立ちにはまだ幼さが残るけれど、均整の取れたほっそりとした体型だ。

少女は最初、少し驚いた様子で店内を見回していた。

しかし笑みを浮かべて佇んでいる白露の姿を見つけると、ふぅんと声を漏らす。

「竹林に囲まれた道を抜けて朱い橋を越えた場所にある、幻の店……まさか本当に、噂通りの店が存在するなんて。しかも店長が狐だわ！」

そう言われた白露は、ニコニコしながら大きな尻尾をふわふわと揺らす。

「はい、何を隠そう私は狐のあやかしでございます」

少女は大胆にも、白露の尻尾をわしゃわしゃと撫でた。

「なかなかいい毛並みね。これ、作り物じゃないのよね？」

「恐れ入ります。もちろん作り物ではありませんよ。毎日丹念に手入れしております」

少女は物怖じしない性格のようだ。

愛梨は彼女の顔を見て、既視感を抱いていた。どこかで見たことのある人だ。とはいえ、知り合いや顔見知りという感じではない。愛梨が考え込んでいたのに気が付いたのか、少女は強い視線を向ける。

「何よ、変な顔して」

「あ、いえ、すみません。どこかで見たことがあるなぁって。他人の空似でしょうか」

愛梨の方がおそらく年上であるのに、少女の気の強い態度に思わず敬語を使ってしまう。

「多分、雑誌かテレビじゃない？　たまに取材とか来るし」

「テレビ、取材！　芸能人の方なんですか？　アイドルとか、あ、スタイルがいいからモデルさんですか？　それとも女優さん？」

少女は少しだけ口の端を上げると、長い前髪をかきあげた。

「そう言われるのは悪い気分じゃないけど。残念ながら、どれも違うわ。あたしはバレリーナなの」

それを聞いた愛梨は、ぱっと顔を輝かせる。

「バレエをされているんですね！　道理でスタイルがいいと！　私も実は小さい頃、バレエを習っていたんです。ほんの数ヶ月でやめちゃったんですけど」

彼女はあっさりと言い切った。

「へぇ。そうなんだ。まぁあんたのことは全く興味ないけど」

「そ、そうですよね、ごめんなさい」

言いたいことをハッキリと言う性格のようだ。

落ち込んでいる愛梨をよそに、それまで黙っていた白露が彼女を席に案内する。

「お待ちしておりました、月峰鏡華様ですね」

鏡華は眉をつりあげ、強い視線で白露をねめつける。

いかにも気の強そうな顔立ちだ。とはいえ、顔にはまだあどけなさが残る。それもそのはず、普段は大人びて見られるが鏡華はまだ十二才、小学六年生だった。鏡華は机に手をつき、白露の方にぐいと身を乗り出した。

「前置きはいいわ。この店に来れば、過去に戻れる料理が食べられるって聞いたけど、本当？」

愛梨は鏡華の態度に驚きを隠せなかった。

ここに来た客のほぼ全員は、まず最初に白露の美しさに驚いて、ぽーっと見とれてしまうか、彼に興味を持っているのを隠すために警戒した様子になる。しかし鏡華はあくまで自分のペースを貫いている。

白露に興味がないというよりは、それよりも重要なことがあるという感じだ。

何者なのだろう、この少女は。

深紫の羽織を身につけてゆらりと立っていた白露は、いつも通り表情の読めない顔でにこりと微笑んだ。

「おや、そこまでご存じなら話が早いですね。とはいえ、お客様の方でどの時間に戻るかの指定は出来ないのですが」

「指定が出来なくたって、戻るのは一番後悔している時なんでしょう？　そういう噂だわ」

「その通りでございます」

鏡華は満足気に微笑むと、はっきりとした声で宣言する。

「それなら問題ないわ。今年の夏、バレエのコンクール当日。その日に戻って、絶対に優勝したいの！　どんな手段を使っても！」

鏡華はコンクールで敗北し、二位に甘んじた日のことを思い出し、歯をかみ締めた。

コンクールの日、コンディションは最高だった。それに鏡華の演技も素晴らしかった。ミスはまったくなかったし、それまでした練習を全部含めても、一番の出来だった。

それでも、持ちうる力のすべてを使っても、鏡華は彼女に勝てなかった。

愛梨はテーブルに水の入ったグラスを置きながら、厳しい表情をしている鏡華にたずねる。

「えっと、コンクールで優勝ということは……演技をやり直すってことですか？」

鏡華は椅子に腰掛けると偉そうに足を組み、厳しい目つきで愛梨を睨んだ。それから絞り出すように言う。

「違うわ。もっとあたしが決定的に勝利出来るようにするの」

それを継いだのは白露だ。

「決定的に、といいますと？」

「あたしのライバル……東堂《とうどう》ひかりを、潰したいの」

白露は驚いたように息を吐く。とはいえ本当に驚いているようには見えない。演技がかった、嘘くさい動作だった。

「潰すとは、何やら平和な響きではないですねぇ。具体的にはどのように？」

「例えばひかりの靴に細工をするとか」

その言葉に、愛梨は思わず身を乗り出した。

「靴に細工って……相手にケガをさせるつもりなんですか!?」

鏡華は細い腕を組み、有無を言わさぬ目つきで愛梨を睨む。

「そうよ。別に靴じゃなくても、ひかりがまともに踊れないなら何でもいいんだけど。人を不幸にするような過去の改変は許されない、ってルールでもあるの？」

焦った愛梨は鏡華に向かってメニューを差し出す。

「ありますあります、そういうルールが！　ねぇ、白露さん！」

それを聞いた鏡華は、胡散臭そうにメニューを受け取った。

〜白露庵メニュー〜

・過去には一度しか戻れない
・生死に関わることは変えられない
・人を不幸にしてはいけない

しかし白露は思いの外落ち着いた様子で、のんびりと答える。

「確かに原則として、人を不幸にしてはいけないというルールがあります。しかし鏡華さんが起こした行動が、どう作用して誰が幸福になるか、不幸になるかはやってみるまで分かりませんから」

鏡華はイライラした様子で問う。

「どういうこと?」

「たとえば過去に戻り、鏡華さんが靴に細工をし、ライバルのひかりさんが大怪我を負い、ひかりさんは二度とバレエが出来ない身体になるかもしれません。しかしその後ひかりさんは素敵な男性と巡り会い、幸せな結婚をした後にあの時バレエをやめてよかったと、他の形の幸せを見つけるかもしれません。そういう意味では、その人物にとって何が不幸か、幸せなのかは、一概に言いきれませんので」

白露は少し強く言い聞かせる。

「とはいえ、さすがに直接人の命を奪うようなことは禁止していますが。及ぼす影響が大きすぎて、私共では手に負えなくなりますので」

「別に命まで奪うつもりはないわ。それに、そこまで大怪我だってさせるつもりもない」

鏡華は自分の拳を握りしめ、ぎゅっと目蓋を閉じる。

「ひかりがあのコンクールに出られなくなるなら、何だっていいの。たった一日。たった一度だけでいいから、あたしはあいつに勝ってみたいだけなの」

キッチンに入った愛梨は、白露の着物の袖を強く引き寄せると、真剣に訴えた。

「白露さん、本当にあんな願いを叶えてもいいんですか!?　どう考えてもルール違反ですよ！」

白露はいつものように何を考えているのか分からない顔で笑う。

「お客様は神様ですから」

愛梨はむっと唇を尖らせる。

この間、白露の機嫌のいい時に少し聞いたけれど、白露は徳の高い天狐というあやかしだそうな。

千年という長い間、修行を積んで神様に認められたあやかしは、自らも神になれるらしい。白露ももう少しだけ修行を積めば、神様になれるところにいたのだと言う。しかし何らかの事情で彼は神になることを諦め、また最初から修行を積み直すことになったというのだ。

信じられない。千年の修行をまた最初から、なんて。たとえ永遠の命があったとしても、気が遠くなる。白露に一体何があったのか。きっとよっぽどの失敗をやらかしたのだろう。しかしいくら聞いてもそれ以上のことは、絶対に教えてくれなかった。白露は秘密主義だ。

「だけどライバルの女の子にケガをさせるために、過去に戻るなんて……」

愛梨がやきもきしているうちに、白露は戸棚からパフェグラスを取り出した。

「お客様の要望には出来る限り応えるのが、私の店のルールですから」

白露は冷蔵庫からあらかじめ用意して置いた食材を取り出し、白い指で空っぽのパフェグラスに生クリームと様々なフルーツを投入していく。

たった数分のうちに、たちまちきらびやかなパフェが完成してしまう。愛梨はその魔法のような光景に、思わず見とれた。白露はどうしてこんなに料理が上手いのか。

人間の食べ物が好きで研究しているからだと説明されたが、にしたって器用すぎる。

　この店で振る舞われるのは、思い出の料理。

　訪れた人間が後悔している時に戻れる、不思議な料理。でもこの鮮やかで美味しそうなパフェが誰かを不幸にするために作られたのだと考えると、どうにも煮え切らない気持ちになる。

「白露さんがこのお店をやっているのは、人を幸せにするためなんでしょう？」

「もう少し正確に言うと、人間の幸せな思い出が私の食事代わりだからですね」

　それを食べないと、白露の空腹は満たされない。それが白露に課せられた、修行の一つだ。

「卑怯《ひきょう》な手を使ってコンクールで勝ったとして、鏡華さんは心から幸せになれるんでしょうか？　私はそうは思えません。結局ずっと、後悔だけが残りそうで……」

　白露はパフェと銀色のスプーンを盆の上に置くと、その盆を愛梨に押しつけた。

「愛梨は潔癖ですね。彼女に説明する時も言ったでしょう？　幸せには色んな形があると。他人が喜ぶのを幸せと感じるのが人間なら、他人の不幸を喜ぶ人間だって、存在するということです。愛梨にだって、不幸になって欲しい人間のひとりやふたりいるんじゃないですか？」

　愛梨は両手で盆を受け止めると抗議するように眉を寄せ、悲しそうに答える。

「私は、不幸になってほしい人なんて、そんなのいません……たとえ苦手な人だったとしても、不幸になれなんて思えないです。そんな風に願って、もし相手が本当に不幸になってしまったら、ずっと気にしてしまいそうじゃないですか」

白露は緩く微笑んで溜め息をついた。

「愛梨はそう言うと思っていましたよ。甘ちゃんですからね」

それから愛梨の背中を叩き、前に進むように押し出した。

「とにかくこの店に到着した時点で、鏡華さんには願いを叶える資格があるということです。強い願いがないと、この店にたどりつくことは出来ませんからね」

愛梨はキッチンから、椅子に座って前を見据えている鏡華の様子を眺めた。

「ひとまずいつものように、成り行きを見守りましょう」

「はい……」

盆を運びながら、愛梨はちらりと白露を見やった。

白露は常に飄々としている。感情もほとんど表に出ないし、正直何を考えているのかさっぱり分からない。人を幸せにするためにこのお店をやっているはずだけど、たまにものすごく冷たい目をする時もある。

愛梨は自分の気持ちを呑み込めないまま、鏡華の待つテーブルに足を進めた。

「本当にあたしのことが分かるのね。あの日食べたフルーツパフェにそっくりだわ」

さっきまでの警戒していた様子を少しだけ解いて、鏡華は感心したように白露と愛梨を見上げる。

驚いた表情の鏡華は、どこにでもいる普通の女の子のようだった。

それを見た愛梨は、少しほっとした。さっきまでの鏡華は鬼気迫るといった様子で、この世のすべてが敵だと考えているような態度だった。

「これって、食べたら太るの？」

白露が落ち着いた声で答える。

「普通のパフェ相当のカロリーはございますけれど。やめますか？」

鏡華はスプーンを手に取ると、むっとしたように眉を寄せた。元々きつい目つきがさらにきつくなる。

「一応聞いただけよ。こんな所まで来て、今更やめないわよ。体重管理に気を遣ってるから。これを食べた後、有酸素運動を四時間増やさないと」

愛梨は思ったことを素直に口にする。

「ストイックなんですね」

鏡華は意地悪そうに口端を上げ、スプーンで愛梨の顔を指した。

「そこまでストイックな人間が、他のダンサーにケガをさせるなんて納得いかないって顔してるわ」

「わ、私はただ……」

口ごもっている愛梨を無視し、鏡華は大きな溜め息をついた。

「本当ならもう一度パフェを食べるなんて嫌だけど、これを食べないと過去に戻れないなら仕方ないわね」

そう言って、スプーンでパフェを一気にかき込んだ。あっという間にグラスを空っぽにすると、鏡華は遠い昔を思い出すように目を細める。

「誰にどんな風に思われてもいいわ。あたしはひかりに勝てるのなら、どんな手段を使ったって、構わないの」

純白の妖精ひかり

　白露の店でパフェを食べていたはずなのに、目を開くと、あたしはなぜかバレエ学校の寮の自室にいた。眉をひそめ、ベッドから上半身を起こす。

「本当に一瞬で、あの店から寮まで移動した……。過去に戻ったの？」

　白露は笑顔で頷いて言った。

「そうです。コンクールの数日前に戻りました。疑うのでしたら、確かめてみてはどうでしょう？」

　店で話した時も思ったけれど、腹の底が読めない胡散臭《うさんくさ》い男だ。

　釈然としないが、目的を果たせるなら構わない。どんなものでも利用する。

　白露は、例えひかりがバレエを出来なくなったとしても、他の幸せが見つかるかもしれないと言った。

　しかしあたしは断言出来る。ひかりにとって、バレエを続ける以上の幸せなどない。

　ひかりはバレエの申し子だ。バレリーナになるために生まれてきたような人間だ。

　そのひかりがバレエを奪われれば、鳥が羽をもがれたようなもの。空を飛べなくなった鳥は、地面を這いながら、それでも幸せだと言えるだろうか。答えは否だ。ひかりにバレエを踊る以上の幸せなどないことは、あたしにもよく分かっていた。だからこそ、奪ってやりたかった。

そのために半信半疑ではあったが、とりあえず普段と同じ行動を取ろうと考えた。

時刻は朝の五時だ。

食堂で軽く朝食を食べ、部屋で軽くストレッチをし、制服に着替えて荷物を持って、寮を出る。そして学校まで、徒歩十五分ほどかけて移動する。学校に到着したら、学生証をカードリーダーに読ませて裏口の扉を開き、まず最初に職員室へ寄る。

早朝だから、学校内はしんと静まり返っていた。

「まだ誰もいませんね」

「この時間はいつもこうよ。あたしはレッスン室が使用可能になる朝六時から踊りたいから、特別に許可をもらって鍵を開けてるの」

職員室の鍵掛けからレッスン室の鍵を取ろうとして、そこに目当ての物がないことに気付き、小さく舌打ちした。

「この日を過ごすのは二回目だから、知ってるけどね。やっぱり先にあいつがいるみたい」

ロッカールームに荷物を置いて練習着に着替えると、レッスン室へ向かった。

レッスン室は、明るく日当たりがいい部屋だ。扉を開くと、昇りたての陽光が床にキラキラと反射していた。壁には大きな鏡が埋め込まれている。広いレッスン室の中には、ひとり先客がいた。

鍵を自由に使う許可を持っているのは、この学校でも特別優秀な生徒だけ。そしてこの部屋を利用するのは、大抵あたしかあの女だ。

彼女は鏡に向かってポーズを取り、熱心に自分の姿勢を確認している。

そして背後に映るあたしの姿に気が付くと、太陽のような眩しい笑みを作った。

「おはよう、鏡華ちゃん。今日は私が先だったね」

ぶすっとした声で返事をする。

「そうね」

東堂ひかりは、よく「妖精のようだ」と褒め称えられている。真っ白な肌、バランスのいいしなやかな身体。生き生きとしたすこし垂れ目がちの大きな瞳と、栗色の柔らかそうな髪の毛。悔しいが、ひかりには他の人間にはない、特別な何かがある。

あたしはひかりから離れた場所に立つと、自主練習を始めた。それから授業が始まる時間まで一言も話さず、黙々と自分の練習を続けた。

朝の練習が終わると、授業を受けるためにロッカールームで制服に着替え、教室に向かった。

一限目はどうやら算数のテストらしい。はっきり言って面倒だ。あたしは自分の席に座り、配られた答案用紙を見て一瞬でやる気を失い、近くにいた愛梨にちょいちょいと手招きをする。

「どうしました？　鏡華さん」

「あんたの姿、他の人間に見えないみたいね」

「はい！　そうなんです、見えないんです！　この時間軸の人間じゃないからみたいです。私もよく分からないんですけど！」

あたしはにやりと笑い、くるくる鉛筆を回す。

「ふぅん。だったらテストの答えを教えなさいよ」

「えっ⁉　ダメですよ、そんなの！　カンニングじゃないですか！」

「いいじゃない、それくらい。テストの答え教えられないなら、あんた一体何のためにここにいるのよ？」

「な、何のためと言われても……カンニングの手伝いをするためでないことは確かです」

「ちっ、使えないわね。小六の問題くらい、パパッと解いちゃいなさいよね」

それを聞いた愛梨は目を見開き、ずいと身を乗り出した。

「えっ⁉　鏡華さん、小学生なんですか⁉」

「そうよ、小学六年生よ。何歳だと思ってたわけ？」

「そんな、すっごく偉そ……あの、堂々とした態度だから、中学二年くらいかと」

「はぁっ、誰が偉そうですって!?」

愛梨が頼りにならないと分かったので、面倒だけど適当に回答欄を埋めていく。時には鉛筆を転がし、出た番号の数字を乱雑に書きこんだ。

「鏡華さん、適当すぎませんか？」

「どうせあたしは世界的なバレリーナになるんだから、勉強なんかいらないのよ」

「いくらバレリーナでも、円の面積くらいは求められた方が……」

「うっさい！」


一限目のテストが終わると、二限目にはバレエのレッスンが始まった。当然だけど、バレエを学ぶための学校だからバレエのカリキュラムが多い。

そうそう、算数なんてどうでもいいから、あたしを踊らせて。レッスン室にいる数十人の少女たちを目にすると、愛梨はきゃあきゃあとはしゃいだ。

「すごい、本当にバレエの学校なんですね！」

「そうよ。日本で唯一の、バレエを学ぶことが生活の主となる、小中一貫校。朝から晩まで、みっちりバレエ漬けの生活よ」

レッスンが始まると、愛梨はずっと拍手しながらその様子に見入っていた。

「うわわわわ、みんな顔ちっちゃーい！　スタイルいい！　手足細い！　並ぶと華やか！　うわっ、身体やわらかーい！　皆さん才能に溢れている感じですね」

褒められると悪い気はしない。

「当然。何百倍という競争率を勝ち抜いて入学した、エリートしかいない学校よ。あたしももちろん、そのひとりだけど」

足を開脚し、床にぺたりと上半身をつけるあたしを見て、愛梨はキラキラと瞳を輝かせる。それからも愛梨はあたしが何かする度に、わーわー歓声をあげながらレッスンを見学していた。

「近くで騒がれると集中出来ないから、しばらく黙ってなさい！」

「はいっ、すみませんでした！」

あたしが叱りつけると愛梨は反省したらしく、大人しく壁際に座る。それからレッスンが終了するまでの二時間、彼女はじっとあたしの姿を眺めていた。

ちなみに白露は序盤でさっさと逃亡してしまった。

レッスンが終わると、また座学だ。

「鏡華さん、英語かと思ったら全然読めないんですが、これ何語ですか？」

「ドイツ語よ」

そんなことを話していると、教師に当てられた。

あたしは立ち上がり、流暢なドイツ語を披露する。教科書の一節を滑らかに読んで着席する。周囲の生徒から拍手が起こった。愛梨もその様子に歓声をあげた。

「鏡華さん、円の面積は分からないのにドイツ語は話せるんですか!?」

「うっさいわね、あたしは自分に必要だと思ったことはちゃんと勉強するのよ!」


授業が終われば昼食の時間だ。

二十分くらいでさっさと昼食を食べると、練習用の簡素なレオタードに着替え、再びレッスン室へ向かう。

勉強と食事以外の時間は、ほぼすべてが練習だ。授業が終わった後も、自主練習をするのが日課だ。上手くいかない部分があると、教師に聞きに行ったりもする。

レッスンが終わって再び寮に到着する頃には、夜の九時過ぎになっていた。外は真っ暗だ。

人のいない食堂で夜食を食べ終わると、シャワールームに向かう。一日の終わりには、さすがに疲れ切っている。部屋に戻ると、そのままぼすんとベッドに倒れ込んだ。

「はぁー布団最高ー」

あたしの一日には、一切遊びや息抜きの時間がない。本当に朝から晩まで、バレエのことだけをぎゅっと詰め込んだ生活だ。

「お疲れ様です、鏡華さん。こんなに遅くまでレッスンしているんですね」

寮の部屋はひとり部屋だ。他の生徒を気遣わず会話出来るから、愛梨とも学校より話しやすい。

枕につっぷして眠気に耐えながら、ぼそぼそと返事をする。

「世界でトップを目指す人間しか残れない学校よ。人の何倍も練習しないと、上に行けないわ。油断してると、すぐにちぎられる」

「世界ですか。スケールが大きいですね。そういえばドイツ語の授業もあったけど、鏡華さんまだ十二歳ですよね？　いつドイツ語を勉強したんですか？」

「二、三年前から語学スクールに通ってる。長期の留学は来年からだけど、短期で数日とか数週間、実際にドイツの学校でレッスンを受けたこともあるの。まぁ今みたいに現地の人間とも会話出来るレベルになったのは、最近だけど。体当たりで適当に話しかけまくったほうが、教科書を見ているより上達も早いみたい」

愛梨はしみじみと目を閉じる。

「鏡華さん、ものすごく努力してるんですね」

「だって言葉が分からないと、何にも出来ないんだもの。先生からの指導はもちろん、そもそもレッスンのスケジュールを予約するのも自分でやらないといけないのよ。向こうではひとり暮らしだから、誰も助けてくれないし」

「えっ、留学ってひとりで行くんですか!?」

「そりゃそうよ。パパもママも仕事があるし、兄弟もいるからみんなで留学なんて不可能だもの」

「海外でひとりで暮らすのって、心細くないですか？　私、小学生の時なんてひとりで自分の部屋で眠るだけでちょっと怖かったですよ？」

　家族のことを思い出し、少ししんみりした気持ちになる。

「そりゃ、まったく寂しくないと言ったら嘘になるけど……プロのバレリーナになりたいなら、日本にいてもダメなのよ。ここじゃバレリーナの仕事がほとんどないから。海外の学校に入って、オーディションとコンクールをコンスタントに入れて、それでもプロとして生活していける人間なんて、一握り。それにもしプリンシパルになれたとしても、ケガで踊れなくなったら途端に無収入に追い込まれる」

　喋っているうちに目が冴えてきて、だんだん饒舌《じょうぜつ》になる。

「短期留学した時に感じたんだけど、アジア人が嫌いな人間もいるわ。あたしが日本人だからって理由で、レッスンを見てくれなかったこともある」

「そういう差別とかも、あるんですか……厳しい世界なんですね」

あたしは寝っ転がりながらファイティングポーズを作った。

「まあそういうやつは、全員技術で無理矢理こっちを向かせて来たけど。それに世界で活躍している日本人の素晴らしいプリンシパルだって、たくさんいるのよ」

「そういえばさっきも言っていましたけど、プリンシパルって何ですか？」

その質問に驚いたあたしは上半身を起こし、目をつり上げて怒る。

「あんたバレエ習ってたって言わなかった⁉　何でそんなことも知らないのよ！」

「幼稚園の時、数ヶ月やってただけですから。専門用語とかは全部忘れちゃって」

「プリンシパル。バレエ団によってはエトワールとかプリマ・バレリーナとも言うわ。バレエ団でダンサーの最高位を表す言葉よ。プリンシパルは基本的に主役しかやらないの。秋の大会にはプリンシパルの叶野《かのう》先生が審査員に来てくださっているから、どうしても優勝したいの！」

「叶野先生っていうのは？」

叶野先生のことを聞かれ、あたしはパッと表情を輝かせる。

「日本人のプリンシパルよ。世界で最も素晴らしいバレリーナのひとりなの！　公演の予定も、三年先まで詰まっているみたい。でもこのバレエ学校の出身だってことで、今回のコンクールに特別に来てくださったの！」

叶野先生の踊りを思い出すと、うっとりしてしまう。

「あたしは叶野先生のバレエを見て、感動してバレエを習い始めたの。世界で一番尊敬している人よ」

「憧れの人なんですね。だから今回の大会で、優勝したいんですね」

「えぇ。それに今回の大会で叶野先生に認められれば、ハンブルグでトップのバレエ団に推薦してもらえるの。二度と訪れないような、大きなチャンスなの！」

愛梨は顔をふにゃふにゃにして、微笑んだ。

「鏡華さんは、本当にバレエが好きなんですね」

「好き……？」

そう言われ、ずきりと胸が痛むのを感じた。

——好きなのだろうか。

昔は、幼い頃は、あたしが一番でいられた頃は、バレエが大好きだった。

あたしが踊ると、先生も親も、みんな褒めてくれた。周りの女の子は指をくわえて、羨ましそうにそれを眺めていた。

パパとママもあたしが主役をつとめることを、誇らしげに話していた。自分はすぐに叶野先生のように、世界一のバレリーナになるのだと信じて疑わなかった。

それに才能に胡座をかくつもりもなかった。あたしの信条は、人の五倍努力すること だった。五倍努力して敵わない相手がいるのなら、さらに十倍努力する。

だから三歳の時にバレエを始めてから、あたしはずっと一番だった。

国内のコンクールでは出場する度に軒並み賞をもぎ取り、月峰鏡華の名前はあっという間に全国に響き渡った。

順風満帆だった。

世界は自分のために回っているのだと、勘違いをしそうになった。

そんな計画に少しずつ綻《ほころ》びが生じ始めたのは、現在より半年ほど前のことだった。

何百何千という応募があるこのバレエ学校の、さらに数人しか在籍出来ない特別クラスで、あたしはひかりと出会った。

そこであたしはひかりに、完膚なきまでに敗北した。

人生で初めての、大きな挫折だった。

学校内で、規模の小さなお遊びの発表会が行われた。だけどもちろん手は抜かなかったし、あたしの演技は完璧だった。審査員も、全員が満点をつけただろう。

しかしひかりはそれを何段階も上回る、さらに完璧な演技を披露した。観客はスタンディングオベーションでひかりを褒め称えた。自分の時より、観客は格段に良い反応を示す。顔に泥を塗られたも同然だ。彗星《すいせい》の如く出現したライバルに驚き、あたしはひかりを呼び止め、問い詰めた。

「あんた、何者なの!?　今までどこの大会でも、見たことない……！」

するとひかりは照れくさそうに笑い、はにかんだ様子で答えたのだ。

「私、まだバレエを始めて数ヶ月だから、分からないことばっかりなんだ。スクールの先生に勧められて入学したんだけど、お客さん、どうしちゃったんだろ？　私、何か失敗したのかな……？　変なことしてたら、教えてね」

その言葉は、あたしをさらに深くまで突き落とした。


ひかりに敗北したのが悔しくて眠れなくて、ひたすら練習量を増やし、身体が壊れるギリギリまで自分を追いつめた。しかしそこまで研鑽《けんさん》を積んだにもかかわらず、結局次のコンクールでも、ひかりには勝てなかった。

本物の天才には、どう足掻いても歯が立たないのだということを知る。優勝のトロフィーを胸に抱きながら微笑むひかりを、歯をくいしばって一段下から見上げた。

――そこはあたしの場所よ。今までずっとそうだった。

そう思うのに、どうしても勝てない。

だってひかりは、努力する天才なのだ。

あたしが血の滲むような練習をしているのと同じくらい、ひかりは努力していた。

そしてあたしが一つ成長する間に、ひかりは駆け足飛びで、十も二十も成長していってしまう。

それにひかりは、あたしが逆立ちしても手に入れられないものを持っていた。

ダンサーとしての華だ。

まるでスポットライトが照らすように、ひかりがそこにいるだけで、周囲の人間は彼女にはっと視線を吸い寄せられる。ひかりが踊り出すと、誰もが息を止め、彼女に注目する。

どんなに努力しても、あたしにはそのオーラは手に入れようがなかった。

ひかりの踊りは指先一本一本までが鮮やかに洗練されていて、夢のように甘美で完璧で、すべての観客を魅了した。

ひかりがいなければ、一位になれるのに。

ひかりがいなければ、あたしが主役になれるのに。

そんな考えばかりが浮かび、大好きだったはずのバレエが、だんだんと苦痛に変わっていった。

それでも今更辞められない。自分にはバレエしかない。

学校の勉強は、ほとんどしなかった。

バレエに関係ないことをしている時間なんてなかった。

同じ年頃の女の子たちが興味を持つ遊びも、恋も、全部捨てて自分のすべてをバレエに一滴残さず注ぎ込んできた。今のあたしは、暗い沼の中をもがいているようだ。いつの間にか手足にどんどん余計な枷《かせ》が増えて、身動き出来ない。

今更やめる選択肢なんてない。

あたしからバレエを奪ってしまえば、空っぽになる。

だからもう、分からない。

——今の自分は、手放しでバレエを好きだと言えるだろうか？


「鏡華さん？　大丈夫ですか？」

過去のことを思い返していたあたしは、心配そうな愛梨の声で現実に意識を戻す。

「何でもないわ。ちょっとぼーっとしてただけ。ていうか、寝る。明日も早いし」

「あ、そうですよね。おやすみなさい、鏡華さん」

愛梨が部屋から出て行ったのを見送ると、目を閉じ、余計な考えを振り払う。とにかく今は、自分の出来ることを。ひかりに勝つことだけを、考えよう。そのためにわざわざ、時間まで遡って、ここに来たのだ。

ひかりに勝つ。どんな手を使っても。たとえそれが後ろ向きな心構えだったとしても、ただそれだけが、あたしを前に進ませる原動力だった。

甘くて苦いフルーツパフェ

次の日も朝の五時に起き、準備をするとレッスン室に向かった。今日はまだ鍵がかかっている。一番乗りだ。あたしはそれを手に取り、銀色のチェーンをチャリチャリと回した。

レッスン室でストレッチをしていると、聞き慣れた声が挨拶をする。

「おはよう、鏡華ちゃん」

「……おはよう」

相手の顔を見なくても分かる。この時間から自主的にレッスンをしているのは、いつもあたしとひかりのふたりだけだ。

別に他の生徒が怠けているわけではない。ただでさえ、朝から晩までバレエばかりで、生徒たちはみな疲れ切っている。わざわざ自主練をする体力と気力があるのは、どうやらあたしたちだけらしい。

今日はあたしの方が到着が早かったから、あたしの勝ち。前回もそんなくだらないことを考えたのを思い出した。

早朝のレッスン室に、二つの靴音が響く。

生まれたての太陽の光を、つるりとした床が反射している。

あたしはバーにつかまり、鏡にうつった自分の姿を真っ直ぐに見据えた。

朝の練習が終わってひかりが出て行った後、白露が声をかけてきた。

「ところで、いつひかりさんの靴に細工をするのでしょう？　チャンスはたくさんある割に、なかなか行動を起こしませんね？」

白露のニヤニヤとした顔にいらついたので、あたしは眉をつりあげる。

「うっさいわね、機会をうかがってるのよ、機会を！　いつやろうがあたしの勝手でしょ!?　何か文句でもあるわけ？」

「いえいえ、お客様がどのような過去を過ごそうと、その方の自由です」

愛梨は心配そうな声で説得する。

「鏡華さん、本当にひかりさんの靴に細工なんかするんですか？」

「するわよ！　そのためにここに来たんだから！」

そう叫ぶと、愛梨はしゅんと頭を垂れる。

それから彼女は廊下に貼られたカレンダーを見て、あっと声をあげた。

「そういえば今日がたしか、ひかりさんとパフェを食べるはずの日ですよね」

あたしは憂鬱な表情でそれを認めた。

「そうね。そしてその翌々日が、コンクールの当日よ」

「でもそこまで嫌いな人間と、よくパフェなんて食べに行きましたね」

「行きがかり上、仕方なかったのよ！」

——あの日のことは、今でもよく覚えている。


それから夕方になるまで、昨日と同じようにレッスンと授業がつつがなく進んだ。

夕方の五時頃になると、教室で帰宅の準備をする。そんなあたしを見て、愛梨が不思議そうに声をかけてくる。

「あれ、鏡華さん、今日は放課後のレッスンはないんですか？」

「ええ、今日のレッスンはこれで終わりよ」

「そうなんですか。早いんですね。あの、昨日は夜遅くまで踊っているようだったので」

あたしは素直にそれを肯定した。

「うん、いつもは大抵八時まで残ってるわ。今日はレッスン室、電気系統の工事をするんですって。だから放課後は使えないのよ」

「そうだったんですね」

革製のスクールリュックを背負い、バレエ用品が入ったバッグを手に持って、挑むように口をきゅっと曲げる。

「この後、ひかりとパフェを食べにカフェに行くことになるわ」

廊下を歩きながら、深い溜め息をつく。気が進まない。

「一度やったことをやり直すのって、変な感じ。本当にコンクールの日まではここにいられるのよね？」

白露は笑顔でそれに答えた。

「はい、もちろんです。コンクールが終わるまではこの時間軸にいられますので、ご心配なく」

靴箱で外靴に履き替えながら、目を細めて空を睨んだ。さっきまで晴れやかだった空に、少しずつ黒い雲が広がっていく。

あたしは気にせず学校を出た。

空気は水分を孕《はら》んでじっとりと湿っている。長い髪をかき上げ、いつのまにか泣き出した空を仰いだ。

天気予報では降るなんて言っていなかったのに、突然バケツをひっくり返したような強い雨が降り出した。前回と同じだ。

「うわっ、すごい雨。あらかじめ降るって知ってても腹立つわね」

雷鳴が響き、遠くでチカチカと空が明滅した。近くを歩いていた生徒たちは、雨を避けるために走り出す。寮に帰る道のりを歩いていたあたしは本降りになった雨から逃げるため、近くの店の軒先で雨宿りをすることにした。

前回の時と同じように、傘は持ってこなかった。傘を持ってきたら、ひかりとの接触は成立しない。

それに、雨の日は嫌いじゃない。しっとりとした空気も、アスファルトの湿った匂いも、雑音を消してくれる雨音も、自分を癒やしてくれるように感じた。

あの日もこうやって、雨宿りをしていた。こういう強い雨は、意外とやむのも早かったりする。もう少しだけ待ってみよう。そう思ったのだ。

雨宿りしているとひかりが手を振りながら、同じ店の軒先まで走ってきた。あの日と同じ一日を繰り返すように、ひかりがあたしの方へやって来る。

「鏡華ちゃーん！　偶然だね。鏡華ちゃんも雨宿り？　突然、すっごい雨！　びっくりしちゃった」

あたしは無表情でひかりを見つめる。別に偶然というほどでもない。同じ時間に学校を出て、同じルートで同じ寮へ帰るのだから。ひかりはバッグからタオルを取り出し、びっしょりと濡れた顔や腕を拭く。

タオルを顔に押し当てながら、ひかりはこちらに微笑みかけた。

「鏡華ちゃんも、タオル使う？」

その笑顔に、思わず息をのむ。

「っ……いや、あたしは自分のがあるから、平気よ」

「そっか。ならよかった」

自分のバッグから出したタオルを顔に押し当てながら、ぎゅっと唇をかみ締めた。

灰色に滲む空、耳が痛くなるような雨音、降りしきる雨で白く霞む景色。その中でひかりが立っている場所だけが、やはり輝いているように見える。ひかりが空を見上げる動作、長い睫毛で瞬きをする瞬間、薄紅色の唇からもれる吐息。そのすべてが、周囲の人間の心を惹きつける。

ひかりは特別美少女というわけではない。もちろんそれなりに可愛らしいし、スタイルもいいけれど、顔の造りだけなら、ひかりより整った少女なんて、あたしたちの通う学校には大勢いる。

なのに、どうしてか目が離せない。

ひかりは一部の生徒たちに『純白の妖精』という二つ名で呼ばれているが、そのことに納得してしまいそうな自分が悔しい。ひかりはあたしに満面の笑みを向けた。ひかりが笑う時は、いつもこんな風に嘘のない笑顔だ。

それが羨ましくて、憎らしい。そして理由もなく、後ろめたい気持ちになる。ひかりの笑顔にまるで自分の醜さを暴かれているようで、心が痛くなる。

「ねぇ、雨がやむまでそこのカフェでお茶でもしない？　通り雨みたいだから、きっと少し雨宿りすれば良い天気になるんじゃないかな？」

彼女が指差した先は、すぐ側にあるカフェだった。軒先を走れば、濡れずに店内までたどり着けるだろう。

「え……あ、うん……」

普段なら、絶対に断っていた。そもそもひかりに話しかけられないように、極力接触を避けていたし。しかし突然誘われたこともあり、咄嗟に反応が出来なかった。

それに誰がどう見ても雨宿りをするしかないこの状況で、断る理由を作るのも難しい。「あんたが嫌いだから無理」くらいしか思いつかない。さすがにそこまで言う気にはなれなかったので、しぶしぶ誘いに応じることにした。

カフェの入り口にはショーケースがあり、ガラス越しに様々なデザートの見本が置かれていた。それを横目で見ながら、あたしとひかりは店内に入る。

それなりに広い店であるにもかかわらず、客席は八割くらいが埋まっていた。他の客も雨宿りに来たのかもしれない。

ひかりは慣れた様子で、奥にあるソファ席に座った。白露と愛梨は、あたしたちがいる向かいの席に座ってニコニコ手を振っていた。

おおかた気にせず楽しんで、とでも言っているのだろう。どっちみち気にしないけれど。

ひかりは機嫌が良さそうに、メニューを開いた。

「あのね、鏡華ちゃん！　実は私、絶対に食べたいものがあってここに来ました！」

「……何」

聞かなくても知っている。

「これ！」

知っているけど、彼女が指さした先を見て、げっそりした。

「こんな大きなパフェ……」

何度見ても、険しい表情になってしまう。

その反応を見て何を勘違いしたのか、ひかりは自信満々で宣言した。

「大丈夫、きちんと夜ご飯は食べるから！」

そんなことを心配しているのではない。

あたしは怒りの叫び声をあげたくなった。最初に来た時も思ったが、こいつ、他の生徒たちが死にものぐるいで体重制限をしていることを知らないのか!?

きっとひかりは「私あんまりダイエットとかしたことなくって……太らない体質だから。えへへ」ってやつだろう。ぶっ飛ばしたい。

普段あたしがどれだけトレーニングをしているか、食事制限をしているかなんて彼女は知らないし、想像したこともないのだろう。

辟易《へきえき》していると、ちょうど店員がテーブルにやってきた。

「あたしは紅茶でい……」

紅茶を注文しようとしたあたしを遮り、ひかりがよく通る声で元気に言った。

「すみませーん、季節限定フルーツ盛り合わせパフェ、二つお願いします！」

「ちょっと！」

「えっ、ダメだった？　ごめん、でもこれ期間限定で、来週にはなくなっちゃうんだって。初めて見た時から、どうしても食べてみたくって」

「ひとりで食べればいいでしょ⁉」

そう怒ると、ひかりは甘えるように目尻を下げる。

「だってせっかく鏡華ちゃんと一緒にいるから、ふたりで食べたほうがおいしいかなって」

「この時期に、人に甘いものすすめるなんて！」

店員がその様子を見て、注文を通していいのかどうか迷っている。

ひかりは指摘されたことなどやはり考えたこともなかったようで、しゅんと肩を落とした。

「そ、そっか、ごめんね無神経だったね。明後日もうコンクールだもんね。あ、私ふたつ食べられるから、大丈夫だよ！」

前回も思ったが、本気で言っているのかこいつは。

大きな溜め息をついて、しぶしぶそれを受け入れる。

「いいわよ、しょうがないからあたしも食べる」

その言葉を聞いて、店員はほっとしたようにオーダーを受けて去って行った。

「ありがとう！　鏡華ちゃんって、やっぱり優しいね」

ひかりは裏のない表情で、ニコニコ笑っている。こいつのこういう所が、本当に嫌いだと思う。天真爛漫と言えば聞こえはいいけれど、要はただ鈍感なんじゃないか。

パフェが来るのを待つ間、あたしは自分から話そうとはしなかった。店内では昔流《は》行《や》ったらしいアイドルの曲が流れていた。雨はさっきより弱まってきたものの、まだ降り続けている。

ひかりはあたしが黙っていても気にならないらしく、ひとりでへらへら話している。

「あのさ、今まで毎日朝から晩まで一緒に練習してるのに、鏡華ちゃんとあんまり話したことなかったよね、って思って」

「そうね」

あんまり話したことがないのではない。積極的に避けているのだ。お前が嫌いだから。気付け。

「私、鏡華ちゃんともっと仲よくなりたいんだー」

「どうして」

そう問いかけると、いつもへらへらしているひかりが、この時だけ真剣な表情になった。前回は見間違いかと思ったけれど、やはり大きな瞳をこちらに向け、決意を浮かべた表情を作っている。

つられてひかりのことをじっと見つめた。

「あのね。私、鏡華ちゃんにずっと言いたいことがあって……」

その時注文していたパフェがテーブルに置かれ、会話が途切れた。

「お待たせしました。季節限定フルーツ盛り合わせパフェ、おふたつです。ごゆっくりどうぞ」

パフェを見たひかりは自分が言おうとした言葉などすべて忘れてしまった様子で、その豪華さにすっかり目を奪われていた。

「ふわわわわ！　鏡華ちゃん、どうしようこれ！　いっぱいフルーツ乗ってるよ!?　キラキラしてるよ!?」

「そうね」

ひかりは結局何を言おうとしたのか？

何回考えても、絶対に彼女の言葉の続きは分からない気がした。理解不能な生き物なのだ。

ひかりは完全にパフェに夢中になっている。下からありがたいものを拝むように眺めながら、長いスプーンをしっかりと右手に握った。

「フルーツ、何種類乗ってるのかな？　桃でしょ、マンゴーでしょ、あとリンゴとキウイにマスカットにメロンでしょ、これは何だろう？　苺……あ、ちょっと甘酸っぱい」

「ラズベリーよ。見たら分かるじゃない」

「ラズベリー！　そう、ラズベリー！　そっかぁ、だから苺より酸っぱいんだー。うーん、おいしいっ！」

「いいから黙って食べなさい」

ひかりは驚異的な速さでスプーンをすすめながら、時折幸せそうに頬を押さえ、感動したように動きを止める。

「はぁ～、アイスの中にもフルーツのペーストが入ってるんだね。新鮮なミルクを使ったアイスの濃厚な味わいと、フルーツのシャキッとした食感が最高だね～！　どのフルーツも主役級に味を主張するんだけど、きちんと調和も取れてて、互いを引き立て合う……まさにフルーツの宝石箱だぁ～！」

「すっごくおいしい〜！　生きててよかった〜」

「食レポ!?」

「鏡華ちゃんはメロン好き？　意外とメロンって好きじゃないって人いるよね。ちなみに私は大好き！」

「そこまで？」

……相槌を打つのも疲れる。

ひかりはものの数分でパフェを完食すると、向かいの席で幸せそうにこちらを眺める。居心地が悪くて、眉をひそめた。

「あたしまだ時間かかるから、先に帰ってもいいわよ」

「ううん。大丈夫、鏡華ちゃんのこと待ってる！」

何がそんなに嬉しいのか、ひかりは始終幸せそうに笑っていた。会計を済ませて店を出ると、さっきまでの雨が嘘だったかのように、清々しい青空が広がっていた。

ひかりは踊るように道路の上をくるくると回り、青い空を仰ぐ。

「来てよかったね。すっごくおいしかったね。鏡華ちゃん、また一緒に来ようね！　じゃあ、寮まで一緒に帰ろう！」

あたしは黙ってひかりの後ろを歩いた。どうしてひかりはあたしと一緒にいる時、こんなに嬉しそうに笑っているのだろう。会話の弾まないあたしと一緒にいたって、楽しいはずがないのに。

跳ねるように前へ進むひかりの姿を見て、ギリッと歯を食いしばった。

――何も知らないくせに。

あたしが卑怯な手を使って怪我をさせてまで、どうしても一位を奪いたいって思っていることなんて、あんたは絶対に分からないくせに。


翌朝、今日もひかりは朝早くからレッスン室で練習をしていた。

そして、普段とは違うことが一つ。今日はコンクールの前日なので、本番用の衣装を着て練習をする。

あたしはいつものように、最初にロッカールームに向かった。周囲に誰もいないのを確認し、ひかりのロッカーを開いてみる。彼女がいつもロッカーに鍵などかけていないのは知っていた。本番用の衣装も、畳まれてそのまま中に置かれている。不用心にもほどがある。

ひかりのトゥシューズを手に取り、無言で見つめた。

この靴に細工すれば、ひかりに勝てる。だけど、本当に出来るだろうか……。

迷っていると、突然背後から何かぞわりとする気配を感じた。

驚いて振り返ると、白露が真後ろに立っていた。彼は笑顔だが、まるで温度のない張り付けたような笑みだった。その表情の冷たさに、全身が凍り付く。

「靴に細工をするなら、今ですね」

それを聞いた愛梨が、焦ったように問いかけてくる。

「鏡華さん、本当にいいんですか？」

「いいに決まってるでしょ。そのためにここに来たのよ」

「でも鏡華さんは、今まで一生懸命練習していたじゃないですか。だから、その、細工なんてしないで、もっと……」

心配そうな様子の愛梨を振り払い、あたしは声を荒げる。

「うるさいわね！　それでも勝てないのよ！」

握っていたシューズを床に投げ捨てて叫んだ。

「あたしがどれだけ苦しい思いをして、足がちぎれるほど練習したって、ひかりには勝てないのよ！　こうするしかないじゃない！」

「鏡華さん……」

高ぶっていた感情を沈め、汗を拭うと深い溜め息をついた。

「とはいえ、今はまだ何もやんないわよ。冷静に考えなさいよ。今学校にいるの、あたしとひかりだけなんだから、何かしたらあたしがやったってバレバレでしょ」

床に落としたシューズを拾い直し、ひかりのロッカーにしまって扉を閉める。

「とりあえず、タイミングを窺うわ。今日一日あるんだから、どっかでチャンスがあるはずよ。ほら、あたしもレッスン用の服に着替えるから出て行ってよ」

あたしは白露と愛梨をロッカールームから追い出すと、扉に背中を預けた。愛梨の心配そうな視線が、不愉快だった。今さら迷ったって、どうしようもない。

本当にこんなことをしていいのかなんて、ここに来るまでに何度も自分に問いかけた。それでもいいと決意して、過去まで戻ってきたのだ。今更後戻りなんて出来ない。


重い足を引きずりながらレッスン室に向かった。

気分は最悪に近い。本来ならコンクールの前日は、いつも使用しているレッスン室には行かなかった。

この学校では、申請すれば個人レッスン室を借りられる。わざわざ申請して許可がおりるまでの過程が面倒なので普段は使わないのだが、コンクール前日は集中したかったし、ひかりの演技を目の当たりにしたくなかったので、ほとんど一日個室にこもり、ひとりきりで練習していたのだ。

とはいえ、いつまでも逃げてばかりはいられない。あたしは過去をやり直すことになってから、初めて最初の時とは違う行動を取った。

自分が惨敗するのを知っている今、緊張するからひかりの姿を見ないなどと言ってもしょうがない。

レッスン室では、今日もひかりが踊っていた。

あたしは憂鬱な気分で、廊下からレッスン室の中をガラス越しに見つめる。ひかりはあたしがここに来たことに気付いていないようだ。明日がコンクール本番だから、ひかりの練習にも熱が入っている。ひかりが踊るのは、くるみ割り人形の金平糖の精だ。

回転やジャンプ、バランスなど様々な要素の入った難しいバリエーションだけれど、さすが『純白の妖精』だ。こういう役がよく似合う。

女性らしい優雅な身のこなしや、身体のすみずみまで生命が宿った流れるような動きは、夢のように美しかった。

あたしも昔同じ役を踊ったことがあるけれど、とてもここまで本物の妖精のように、しなやかで可憐な動きは出来なかった。元々妖精やお姫様より、ダイナミックな演技の女王や魔女の方が合うと言われているせいもあるだろうけれど。

ロッカーに入っていた、あのピンク色の愛らしい衣装を着て踊れば、ひかりはますます華やかになるだろう。どうやってあんなのに勝てばいいのか。窮地に追いつめられた気持ちで、ひかりを見ていた。

ひかりがダンスの最後にターンを決めようとした、その瞬間だった。

ダンッ、と激しい音が廊下まで響く。はっとして顔を上げた時には、ひかりは大きくバランスを崩し、転倒していた。驚いて息をのむ。

愛梨が戸惑った表情で、こちらを見つめている。

「鏡華さん、ひかりさんが！」

違う、あたしはまだ何もしてない！　思わずそんな言い訳がもれそうになった。

あたしは身動きが取れず、その場で硬直していた。ひかりは辛そうに右の足首を押さえている。バーにつかまり、立ち上がろうとして――右足が床に触れた瞬間、また苦痛に顔を歪め、その場にうずくまった。

困惑しながら白露に質問をぶつける。

「どういうこと!?　ひかりはどうしてケガをしたの!?」

白露は冷静な声でそれに答えた。

「ひかりさんがケガをしたことを、知らなかったのですか？」

「知らない！　コンクールの時はそんな様子、全然なかったもの！」

「鏡華さんはコンクールの前日のこの時間帯、本来なら何をしていましたか？」

「本来なら？　前回の時は、個室に籠もって練習してたけど」

「でしたら鏡華さんは、本当ならこの時間ひかりさんを見ていないはずですから、知らないのは当然です。けれど時間軸は、基本的に以前と同一のままに進んでいます」

白露の言葉を、何度も何度も頭の中で反芻させた。

「以前と同一って、それってつまり……」

「そうです。ひかりさんは、大会の前日の練習中、ケガをしていたということです」

あたしは目を見開き、悲鳴のように叫んだ。

「嘘でしょ!?　まさかあいつ、この足の状態でコンクールに出ていたの!?」

そんなの信じられない。ただでさえ、難易度の高いバリエーションだ。万全の状態で挑んでも、成功するかどうか。なのに誰にもケガを気付かれずに、それを隠しきり、コンクール当日は完璧な演技を披露して、優勝した?

全身がぞわりと粟立《あわだ》つのを感じた。

どうしてそんなことが出来るの?

コンクール当日も、ひかりは本物の妖精のようだと賞賛を浴びていた。だけどひかりが本当にケガを負った状態で、それを成し遂げたのだとしたら。あたしにはとてもひかりが妖精だなんてかわいらしいものだと思えなかった。

むしろ、化け物みたいじゃないか――。

普通の人間にそんなことが出来るとは、到底考えられない。

あたしが青ざめて硬直していると、いつの間にかひかりの視線が自分のことを突き刺していた。

　心臓がドクリと高鳴る。

　弾かれたように顔を上げ、レッスン室の扉を開いてひかりの元へ駆け寄る。

「ひかり、大丈夫？　今の転び方、普通じゃなかった。骨が折れてるかもしれない」

　ひかりは普段と同じように、明るく笑う。

「あはは、転んじゃった。私よく転んじゃうんだよねぇ。鏡華ちゃん、今日は個人レッスン室を使うんじゃなかったの？」

「気が変わったのよ。それより足は……？」

　そう言いかけて、何か違和感があり、床に目をやった。

　するとレッスン室の床の一部に、透明な液体がこぼれているのを発見する。

「床が濡れてる？　何よこれ……！」

　ひかりは辛そうな顔で笑いながら、いつもの口調でのほほんと説明する。

「昨日、整備点検があったんだっけ？　それでこの部屋を使った人が、何か飲み物とかこぼしたのかもー」

　ひかりにしては不自然な転び方だと思ったのだ。レッスン室に水がこぼれていたから、ひかりはそれに足を滑らせて転倒した。

　あたしは眉をつりあげて叫ぶ。

「ふざけるなっ！　今すぐ業者に電話して、責任取らせてやるっ！　絶対許せない！

そうだ、それよりすぐに医者に連絡しないと！」

携帯を取りに行くためレッスン室から出ようとするあたしを、ひかりが必死に引き留める。

「待って！　鏡華ちゃん、誰にも言わないで！」

「……は？　何言ってるの？」

ひかりの足首は、真っ赤に腫れ上がっている。少し動かしただけでも、痛みのためかひかりは辛そうに顔を歪めた。

「こんなに腫れてて、明日までに完治するのは不可能でしょ。コンクールに出られるわけないじゃない！」

そう言ってから、思わず口元を押さえた。

いや、あたしはこの後ひかりがどうなるのかを知っている。この状態でも、ひかりはコンクールに出たのだ。そして優勝した。

あたしは自分の服の裾を、ちぎれるほど握り締めた。

彼女の正面にしゃがみ、視線を合わせてきっぱりと言う。

「ひかり、明日のコンクール、辞退しなさい」

ひかりは激しく首を横に振り、それを否定した。

「嫌。絶対に出る」

「無理よ。やめなさい」

「ダメなの！」

「どうして!?　今年は見送りなさいよ！　コンクールなんて、来年も再来年もあるでしょう!?　そりゃ、チャンスではあるけど……だけどあんたなら、他のもっと大きな大会でだって、優勝出来る。今無理したら、一生踊れなくなるわよ!?　選手生命潰す気なの!?」

　肩で息をしながら、ほとんど無意識に叫んでいた。

　唇をかみ締めないと、思っていることが全部あふれてしまいそうになる。ひかりなら、たとえ来年でも再来年でも、トップになれる。今年だけ、今回だけ、あたしに勝ちを譲ってよ。どうしてそこまで明日のコンクールにこだわるの!?

　あたしはずっと、叶野先生に認めてもらうために踊っていたようなものなのに。下手したら一生影響が残るようなケガを抱えてまで踊るのに、あんたはどんな理由があるっていうの!?

　ひかりはそれでも頑なに訴えた。

「明日のコンクールじゃないとダメなの！」

「どうして!?」

ひかりは今までに見せたことのない、不安げな顔で言った。

「お母さんが、見に来てくれるの」

「……お母さん？」

彼女は静かに頷く。

「私のお母さん、今、仕事で海外にいるの。私が小さい頃、お父さんと離婚して。私はずっとお父さんと暮らしていて、お母さんとは一度も会えなくって……。何度も手紙を送った。だけどお母さんから、返事が来ることはなかった」

まったく知らなかった。ひかりの生い立ちに興味など持ったこともなかった。

この学校の生徒は、ほとんどが裕福な家庭のお嬢様だ。

バレエはお金がかかる習い事だから、当然といえば当然だ。レッスン代にコンクールや公演のチケット代、発表会の衣装など、あっという間に数十万が飛んでいく世界だ。だからてっきりひかりも何の苦労もなく育ってきた。と思い込んでいたけれど、違うのだろうか。

「今回もダメだろうなって思いながら、手紙とコンクールのチケットを送ったの。元々、お母さんがバレエが好きだって聞いたことがあったから、バレエを始めたの。そうしたら、今回初めてコンクールを見に来てくれるって、返事がかえってきた」

ひかりはあたしの手を握り、必死に訴える。

「お願い、次のコンクールじゃダメなの。明日じゃないとダメなの！　明日を逃したら、もう一生お母さんに、見てもらえないかもしれない。一生お母さんに、会えないかもしれない」

真剣なひかりの様子に、あたしは黙ってレッスン室を去ることしか出来なかった。

あたしたちの様子を見ていた白露が、相変わらず冷たい声で笑った。

「ケガをさせるために来たはずなのに、ずいぶんひかりさんを心配していたようですね」

動揺を悟られないよう、思い切り白露を睨みつける。

「……あんなの、ポーズよ。心配したふりしとかないと、不自然でしょ」

そうやって虚勢を張るのがやっとだった。

今までひかりには、悩み事なんてひとつもないと思っていた。

いつも脳天気にへらへら笑っているし、唯一無二の才能を持っていて、周囲の人間からも認められている。

けれどひかりが踊るのには、ひかりだけの譲れない理由がある。

――それを知ったからって、あたしはどうすればいいの？

眩しすぎる光

時間の流れは一瞬で、どんなに嘆いても待ってはくれない。なんて言いながら、遡って来てしまったけれど。とにかくこれが最後のチャンスだ。

あっという間にコンクール当日になった。

泣いても笑っても、今日で全部終わり。

コンディションはどうかというと――絶不調だ。

色々考えすぎて、踊りに集中するどころの騒ぎではない。

あたしはプルプルと頭を振った。いやいや、せっかくまたとない機会を手にして過去に戻って来たのに、前回より悪い順位になったんじゃ話にならない。

とりあえずひかりのことは頭から追い出して、自分の演技に集中しないと。

そう考えると、胃がキリキリと痛んだ。その様子を見ていた愛梨も、心配そうにあたしの背中をさする。

「鏡華さん、大丈夫ですか？　体調悪いんですか？」

「平気よ。いざとなったら持って来た胃薬飲むし」

ポーチをひっくり返すと、中から白い錠剤がたくさん飛び出してきた。

「ずいぶんいっぱい薬があるんですね？」

「といってもサプリメントと胃薬と、あと夜眠れない時の睡眠薬くらいよ。念のために持ってるだけ。今は飲まなくても大丈夫」

そう言いながら薬をポーチに戻した。

白露はひどく楽しそうに扇子を扇いでいる。

「おや、鏡華さんいつも威勢がいいのに今日は胃が悪いんですか？　それはお気の毒ですねぇ」

気の毒でも何でもない口調でそう言い放つ。

本当に腹のたつ男だ。あたしはギラリとした目で白露を睨みつけた。

「あいつ、全部終わったらしばきたおしてもいい？」

愛梨は快く許可を出す。

「はいっ、どうぞやっちゃってください！」

「アホなこと言ってないで、最終確認しないと」

スマホを取り出し、そこに繋いだイヤホンで耳を塞いだ。

あと数分でリハーサルだ。

余計なことは考えない。

聞いているのは今日踊る演目、眠れる森の美女の第一幕だ。眠れる森の美女のバリエーションも、難易度としてそれなりに高い。特に中盤にピルエット——爪先立ちでの回転が複数回続くところがある。

とはいえ技術的なところは問題ない。何度も練習して、完璧に踊れる自信がある。

それなのに、どうも気持ちが落ち着かない。

ひとつだけ幸運なのは、ひかりよりあたしの方が演技の順番が早いことだ。

先にひかりの演技を見てしまえば、きっと平常心で最後まで踊りきれない。

そもそもそんなことを考えている時点で、もう気持ちで負けているのかもしれないけれど。何としてでも、ひかりに勝たないと。

そんな考えを堂々巡りさせていると、控え室の扉が開いた。

部屋に入ってきたのは、ひかりだった。まだ練習用のレオタードだ。

「鏡華ちゃん、そろそろリハーサルだから声かけてって先生に言われたよ。私も鏡華ちゃんが行ったら、その後リハーサルなんだ」

「あぁ、ありがとう」

あたしは顔を逸らし、部屋にあるモニターをチェックしているふりをした。実際には、何の映像も頭に入って来ない。

今日のひかりは、いつにも増してオーラのような、眩い輝きを放っている。

これから衣装に着替えてメイクが済めば、さらにその輝きが増すだろう。

「……ケガは平気なの？」

そう問いかけると、ひかりは白い歯を見せて明るく笑った。

「うん、大丈夫！　ちょっと強めの薬飲んでるから。本番前に、念のためもう一錠飲むの」

「そんな強い薬使って、大丈夫なの？」

「今日だけだから。明日からは、きちんと休んで治療するよ」

そう言って、ひかりは机の上にポーチを置いた。いつも能天気なひかりが、あたしと話した一瞬だけ、顔に陰りを滲ませた気がした。

どんなにひかりが精神的に安定していたって、十二才の少女だ。不安にならない方がおかしい。

しかし次の瞬間、ひかりはもうバレリーナの顔になっていた。

「私、飲み物買ってくるね」

彼女はそう言って部屋を出て行った。

複雑な思いでひかりを見送ると、白露が笑いながら言う。

「ひかりさんは、元の時間軸でも足にケガをしていました。それだけでは、あなたはひかりさんに勝てないということです」

挑発するようなその言葉に苛立ち、あたしは近くにあったタオルを白露に向かって投げつけた。

「うるさいわね、もういいわよ、分かったわよ！　あたしがここに来たのも、全部無駄だったってことでしょ。あたしが何をしても、ひかりに勝つのは未来永劫《えいこう》不可能だって、そう言いたいんでしょ⁉」

「いいえ、違います」

氷のように冷たい響きに、ドキリとして動きを止める。

「鏡華さん。あなたがひかりさんに勝つ方法は、まだ残っていますよ」

白露の瞳が金色に輝き、妖しい色を帯びる。

「最初は痛み止めの薬を他のものにすり替えるよう提案しようと思いましたが……そんな方法では手ぬるいですね。いっそ、私がひかりさんの足を砕いてさしあげましょうか？」

「白露さんっ⁉　何言ってるんですか⁉」

それまで黙っていた愛梨が白露を止めようとするが、白露はそれに耳を貸さずに、言葉を続ける。

「彼女の骨を砕き、踊るどころか立ち上がることすら出来ない状態にすれば、あなたの優勝は確実です」

あたしは目の前に立っている美しい男のことが、無性に恐ろしくなった。

「あ、足を砕くって……いくら何でも……！」

声が震えそうになるのを堪えながら、必死に反論する。

白露は目を三日月のように細め、コロコロと笑う。

「あぁもちろん、コンクールが終わったら、すぐにひかりさんの足は元に戻しますよ。鏡華さんは、今日のコンクールで優勝出来ればよいのでしょう？」

「あんたそもそも、人を不幸にしちゃいけないって言ってたじゃない！」

あたしが叫ぶと、白露はわざとらしく肩を落とす。まるで三文芝居だ。

「おや、残念です。てっきり鏡華さんは喜んでくださると思ったのに」

「ふざけないでよ！　バカにしてんの!?」

するとそれまで笑っていた白露は、顔からふっと笑みを消す。

能面のような白い顔で、じっとこちらを見る。

「鏡華さんはそもそも、ひかりさんの靴に細工をするつもりでここに来たんでしょう？　それと何が違うんですか？」

心臓を直接つかまれたように、苦しくなった。

悔しいけれど、何も言い返せなかった。

確かにやり方が違うだけで、望んでいることは一緒だ。

愛梨は白露の着物を無茶苦茶に引っ張って吠える。

「白露さんはどうしてそういうことを言うんですか!?」

「私はお客様の願いを遂行しようとしているだけですよ」

「鏡華さん、そんなことしちゃダメです！　鏡華さんだって、本当は分かっているんでしょう!?」

白露の声が、何度も頭の中で響いている。

「選ぶのはあなたですよ。どうしますか、鏡華さん？」

白露は笑いながら、あたしの方に白い手を差し伸べた。作り物のように真っ白なその手を、じっと眺める。それからあたしは、はっきりとした声で告げた。

「そうね、分かってる」

そして白露に向かって、ゆっくりと手を伸ばした。

「鏡華さん！　よく考えてください！　そんな勝ち方で本当に喜べるんですか!?」

「……あたしは、ひかりに勝つためにここに来たのよ。そのためなら、どんなことだってするわ」

＊

コンクールはつつがなく進み、いよいよひかりの番になった。

自分の演技が終わったあたしは、舞台袖からひかりの姿を眺めていた。

ひかりの様子は明らかに普段と違った。

足が折れているのでその場に立つこともままならず、それでも無理を押して演技をし、途中で何度も転倒して、見るに堪えない踊りを披露した。

彼女の演技を楽しみにしていた観客も落胆し、失望の声を漏らす。

ひかりは自分の力を発揮出来なかったことに絶望し、大声で泣きながら崩れ落ちた。


……ということには、ならなかった。残念ながら。

あたしはあの後、白露の手を振り払った。

そして彼を睨みつけ、言い放った。

「確かにあたしは、ひかりに勝つためにここに来たわ。そのためなら、どんなことをしてもいいって思ってた。だけど、あんたの手は借りない。今さらどの口がって、思うかもしれないけど……変な小細工なしで、あいつとは正々堂々と勝負したいの。そう思うようになったの。だから、余計なことはしないで」

それを聞いた白露は、腹の底が読めない笑顔で頷いた。


——ひかりの演技は、圧倒的だった。

瞬きをするのも、息をするのも忘れて、あたしはひかりの踊りを見ていた。

ケガをしているはずなのに、本来ならただ立っているだけで苦しいはずなのに、片足を軸にしてのパッセもピルエットも、ちっともぶれることがなく、完璧に金平糖の精の優雅さを披露した。

あたしも持ちうる限りの力を使い、練習の時より数段素晴らしい踊りを披露した。

それでも結局、結果は変わらなかった。


表彰式が終わると、あたしは廊下にあるソファに腰を下ろした。

準優勝のトロフィーを虚ろな瞳で見つめながら、魂が抜けたような声で呟く。

「結局何も変わらなかった」

愛梨は少し離れた場所で、あたしのことを心配そうに見ている。

「私、鏡華さんは最初からひかりさんの邪魔なんてしないって思っていました」

「……そんな度胸がないから？」

「違います！　鏡華さんは、プライドを持ってるからです！」

あたしは髪の毛をかきむしり、声を荒らげる。

「プライドなんて、よく言えるわね。あたしのしようとしたこと、知ってるくせに」

「でも、結局何もしなかったじゃないですか！　白露さんの言葉にだって、耳を貸さなかったじゃないですか！　出来るわけないです！　だって鏡華さん、バレエが大好きだから！」

「やめてよ、あたしが一番になれないって分かってたくせに！」

「鏡華さんの踊りには、ひかりさんと違う輝きがあります！」

その言葉に、あたしは言葉を失う。

「私、バレエのことはよく分からないですけど……ひかりさんの演技にはひかりさんの、鏡華さんの演技には鏡華さんの良さがあると思います！　比べなくたって、どっちも素敵だと思います！　私は鏡華さんのバレエ、大好きです！」

あまりに真っ直ぐで、愚直《ぐちょく》と言ってもいいほど必死な言葉に、胸がつまる。

「……バカじゃないの？　あんたなんか、何にも知らないくせに」

「鏡華さんが頑張っていたのは知ってます！」

「頑張ってるなんて、当然じゃない！　みんな頑張ってるに決まってるでしょ!?　頑張ってる人間がみんな努力賞もらえるような世界じゃないのよ！　一番じゃないと、意味ないの！」

「私は鏡華さんがやったこと、無意味じゃないと思います！　今回は準優勝だったけど、全部、次に繋がってると思いますっ！」

息を切らしてそう言い切ってから、愛梨は少し声のトーンを落とす。

「だから、よかったって思って……きっとひかりさんに何かしていたら。そうしたら鏡華さん、一生後悔していましたよ」

痛いところを突かれ、目を伏せる。

ひかりにケガをさせて、それで勝ったとしても、きっと後悔しただろう。負けても勝っても、あたしはきっと今日のことを、ずっと後悔することになる。

「……そうね、最初から分かってた」

脳裏に、いつも隣で踊っていたひかりの姿が浮かぶ。

毎日通うレッスン室で、ひかりは常にあたしの隣にいた。たとえ会話がなくても、あたしがどんなに素っ気なく接しても、ひかりは裏表のない純粋な笑顔で微笑んでいた。

「ひかりの踊りの素晴らしさを世界で一番知ってるのは、ずっとあいつの一番近くで練習してきた、あたしだから」

言葉にした瞬間、ぼろっと涙がこぼれた。

ひかりが大嫌いだった。

そう思う反面、彼女の放つ輝きに、ひどく憧れた。自分にはきっと、一生彼女のように踊ることは無理だと思ったから。あんな風に純粋に、バレエの神様に愛されたような踊りを、あたしもしてみたかった。

「やっぱりバレエを愛する人間として、無理だったよ。だって、ひかりは天才だもん。あんな大怪我してるのに、今までで一番完成度の高い演技だった。これからもっとたくさんの人に、世界中の人に、ひかりのバレエの素晴らしさを、見て欲しい。あたしじゃダメなんだ。あたしじゃ、あんな風になれない。だから、邪魔なんて出来なかったよ……」

次々と涙がこぼれて、苦しくて、最後はうまく言葉にならなかった。

その瞬間、あたたかいものに全身を包まれる。愛梨があたしのことを、優しく抱きしめていた。本当に、変な女だと思う。何の関係もない他人なのに、あたしみたいな人間のために、必死になって。

「頑張りましたね、鏡華さん。私、鏡華さんのバレエが一番好きです。だから、諦めないでください。続けてくださいね、バレエ」

愛梨の言葉はすっと胸に馴染んで、沈んでいたあたしのことを勇気づけた。

あたしは勢い良く顔を上げて、叫んだ。

「あったり前でしょ!?　今回は勝ちを譲ったけど、諦めるわけないっ！　次は絶対実力で倒す！」

その反動で、愛梨の顎とあたしの頭が思い切りぶつかった。

落ち込んでいるのがバカらしくなって、ふたりで顔を見合わせ、思わず声をたてて笑ってしまった。

ひとしきり涙を流すと、ずいぶんさっぱりした。顔を拭って、気持ちを切り替える。
「さ、こんなとこで泣いててもしょうがないし、そろそろ戻らないと。一応インタビューか何かあったはずだから」

それなりに規模の大きな大会だから、テレビの取材も来ている。

一番注目が集まるのは当然優勝者のひかりだけど、あたしも準優勝者としていくつか取材があったはずだ。

ちょうどひかりがインタビューを受けているらしく、たくさんのカメラとマイクに囲まれている。その姿が、廊下にあるモニターにも映っていた。

「今の気持ちを一番に伝えたい方は誰ですか?」

この質問は、前回の時も聞いた覚えがある。

『私をずっと支えてくれた家族。大切なお母さん。それと先生に感謝の気持ちを伝えたいです』

確かひかりはそんな風に答えていた。

その時はふーんとしか思わなかったが、前の時間軸でも母親に感謝を伝えているということは、ひかりの母親はこのコンクールを見に来てくれたということだろう。素直によかったな、と思えた。

　モニターを見上げながら歩いていると、ひかりは前回と同じように話し出す。

「大切な家族……お母さんと、先生はもちろんですが」

　ひかりははにかんだように微笑み、それから顔を赤くして言葉を続ける。

「私のことを支えてくれた、大好きな鏡華ちゃんに感謝の気持ちを伝えたいです！」

　あたしは驚いて、手に持っていたトロフィーを床に落とす。

「きょ、鏡華さん！　トロフィー落ちましたよ!?　すごい音がしたけど割れてないかな!?」

　愛梨が焦っているのを無視し、口をぽかんと開いてモニターを凝視する。

「………………は？

「鏡華ちゃんと言うのは、準優勝者の月峰鏡華さんのことでしょうか？」

「はい、そうです」

「おふたりは、普段から仲がいいんですか？」

　ひかりは少し考えてから、笑顔で続ける。

「友達とか、仲がいいとか、そういうのとはちょっと違うんですけど。憧れの人なんです。ずっと隣に鏡華ちゃんがいたから、私はここまで来ることが出来ました。辛い時、苦しい時、鏡華ちゃんも頑張ってるんだって思うと、勇気をもらえたんです」

それからひかりはケガをしていること、治療に向けて少し休養を取ることを話していた。前回はケガのことは話していなかったはずだが、そんなことよりさっきのインタビューの内容に、開いた口がふさがらなかった。

愛梨は興奮した様子であたしに話しかける。

「ひかりさん、鏡華さんのことを憧れの人だって言ってましたね!」

「いやいや……ないでしょ、憧れる部分とか」

困惑していると、当のひかり本人がちょうど廊下を歩いてくる。

「あ、鏡華ちゃーん、お疲れ様。鏡華ちゃんもインタビューだって、テレビ局の人が探してたよ」

あたしはひかりをつかまえて問いただした。

「ちょっとあんた、さっきの何なのよ!?」

「見てたの? 照れるなぁ」

相変わらず気の抜ける声で話す女だ。

「あのね、お母さん、来てくれたんだー」

「あっそう、それはよかったわね」

「うん。ずっとお父さんに、私と会うのを止められてたんだって。でもこれからは、電話とかしてもいいって」

「そうなの。よかったわね。って、そっちじゃないわよ！　あたしのこと、あれ、どういうつもり!?」

こちらを見て、ひかりは嬉しそうに頬を緩ませる。

ひかりは両手でぎゅっとあたしの手を包んで、話す。

「鏡華ちゃん、本当にありがとう。鏡華ちゃんは、ずっと私の憧れの人だから」

「だから、それが分かんないのよ。憧れ？　あたしが？　あたしなんかより、ずっとあんたの方が……」

ひかりは天使のように純粋な笑みで、こちらに羨望《せんぼう》の眼差しを向ける。

「鏡華ちゃんは覚えてないかもしれないけど。私ね、この学校に入学したばかりの頃の発表会で、主役を任されて。分からないことだらけだし、同じクラスの子にも、私は主役に相応《ふさわ》しくないって悪口を言われたり、嫌がらせされたりしてたんだ。実際その通りだって思ったし、本番の直前、すっごい怖くて。震えが止まらなくて、やっぱり辞退させてくださいって言おうと思って。そうしたら演技が終わったばっかりの鏡華ちゃんが、私のことを見て、『主役なら堂々としなさい！』って、叱ってくれたんだ」

ひかりは一気に喋り終わると、頬を赤くして嬉しそうに続ける。

「あの時はまだレッスンでもほとんど一緒になったことがなかったけど、あの一言に、すっごく勇気づけられたの。それから私、辛いことがあったら、ずっと鏡華ちゃんの言葉を思い出して、頑張ってたんだ」

その言葉に、顔が熱くなる。

確かにそんなことを言ったかもしれない。

「別に、励まそうとか思ってないし。ただ、主役なのに暗い顔してるのにイライラして怒鳴っただけよ」

「うん、それでもいいの。ありがとうって、ずっとお礼が言いたかったんだ。やっと言えた！」

……あぁ、ひかりの笑顔って、やっぱりキラキラしてる。

ひかりなんて、大嫌いだけど。

だけど、こいつの笑顔が自分に向いているのは、悪くない。

そんなことを考えていると、全身が眩い光に包まれ、飲み込まれた。

未来のふたり

再び目を見開いた時には、鏡華は白露庵に戻っていた。

天井を見上げながらぼうっとしていると、愛梨が心配そうに顔を覗き込んでくる。

「鏡華さん、大丈夫ですか？」

「……戻ってきたのね」

鏡華は顔にかかった髪の毛をかきあげ、ぽそりと呟く。

「ひかりに負けたから、過去に戻った意味がないって思ったけど……」

「満足出来ませんでしたか？」

落ち込んだ様子の愛梨に、鏡華は自信に満ちた表情で笑いかけた。

「ううん。何も変わってないようで、色々変わった気がする」

「鏡華さん！　よかったです！」

鏡華は満足そうに目を細めた。

「ありがとう。あんたのおかげで、その……これからも、頑張れそうよ」

「はいっ！　私、鏡華さんのこと、ずっと応援しています！」

それを聞いた鏡華は胸を張り、堂々とした姿で店を出て行った。愛梨は彼女が成長したのを目にし、嬉しさでいっぱいになった。

きっと彼女は、これからもっと素敵なバレリーナになる。

そう考えると、愛梨の顔は思わずほころんだ。

白露は鏡華の背中を見送りながら、光の玉をつまみ上げて口に運んだ。そして満足げに目を細めてふわふわの尻尾を揺らし、ぺろりと舌なめずりをして言う。

「今宵も美味しい思い出、堪能させていただきました」

愛梨はそんな白露の姿を、じいっと睨みつける。

「何をそんなに見ているんですか。鬱陶しいですよ」

「白露さん、今回とても意地悪でしたけど……最初っからこうなるって分かっていたんですか？」

白露は扇子で口元を隠し、小さく溜め息をつく。

「まぁ彼女、素直じゃないですからね。幸せになってもらわないと、私が美味しい食事が出来ませんから」

「そんなこと言って、本当は優しいくせにー」

「調子にのっていると頬の肉をむしりますよ」

「何それ、怖い！」

愛梨は白露と肩を並べ、朱い橋の上にかかる満月を幸せな気持ちで眺めていた。

それから数年後、愛梨は何となく見ていたテレビ番組で、ひかりと鏡華の姿を目にすることになる。

ふたりが日本を代表する世界的なバレリーナとして活躍していると知るのは、もう少しだけ先の話だ。

第五話　あやかし狐と愛梨のお弁当

白露というあやかし

竹林の中で、チリンと鈴の音が鳴り響いたのを聞き、私は半分眠りかけていた意識をたぐり寄せる。

あの場所に誰かが呼ばれると、鈴が鳴るようにしてある。

竹林の道、そしてそれを越えた場所にある朱塗りの橋は、人間の世界とあやかしの世界を繋ぐ境目だ。

今は私がその案内人の役をしているが、呼ばれていない者が迷いこむと、元の人間の世界に戻ることは出来なくなり、一生二つの世界の狭間をさまようことになってしまう。


駆け足で朱い橋を渡ってきたのは、愛梨だった。いつものように高校の授業が終わってから真っ直ぐここに来たらしく、制服姿だ。

「白露さん！　迎えに来てくれたんですか？」

そう言われ、自分でも珍しいと考える。私は基本的に、仕事でない限り自分の店からは出ない。

「別に貴方を迎えにきたわけではありません。何となく、散歩したい気分でしたので」

「そうですか。もうお店に戻りますか？　それとももうちょっと散歩します？」

白露庵には、開店時間も閉店時間もない。私の気分で開いたり閉めたりする、自由な店だ。

「今日はどんなお客様が来るんでしょうか？」

「さて、どんなお客様でしょうね。でも雨が降り始めましたから、もしかしたら今日は誰も来ないかもしれません」

「そんなこともあるんですか？」

「さて、どうでしょう？」

愛梨は不思議そうにしていたが、質問をかわされるのにも慣れたらしく、それ以上追及しようとはしなかった。


店につくと、愛梨はいつものように和風の制服に着替え、店の掃除をする。私はそれを、よく働く娘だと思いながら眺めていた。

「白露さん、こういう棚の下もたまには拭き掃除したほうが……あーーーーっ！」

ガシャン、と派手な音がして、愛梨がバケツをひっくり返した。

……よく働くが、そそっかしいのが玉に瑕《きず》だ。まぁひっくり返したバケツも自分で片付けるだろう。

私は店の表にある長椅子に座り、しっとりと雨が降る様子を眺めることにした。ふわふわの大きな白い尻尾は、とても毛並みが良い。ここに来る客くらいにしか披露出来ないのが残念だと、密かに思っている。

いつの間にか、掃除を終えた愛梨が後ろに立っていた。

「お客さん、来ませんねぇ。白露さん、何か飲みますか？」

「おや、珍しく気が利きますね。それでは、梅昆布茶を作ってくれますか？」

「はい、分かりました」

愛梨は慣れた手つきで食器棚から湯飲みを二つ取り出す。

そしてまずやかんを火にかける。湯が沸くまでの間に、梅干しを炎で炙って少し焦げ目をつけた。お湯が沸いたら湯飲みに緑茶を入れ、三センチくらいに切った塩昆布を数枚と、先ほど炙った梅干しを投入する。

愛梨は二つの湯飲みを小さな盆に乗せ、ついでに戸棚にあった豆大福をわしづかみにして何個か持ってきた。お茶があると、一緒に甘い物が食べたくなる。

「お待たせしました」

愛梨は隣に座り、湯気があがる茶をちびちびと飲んだ。口の中に塩と梅の酸っぱい味が広がる。

口が酸っぱくなったのか、愛梨は中和するために豆大福をパクリと頬張った。蕩《とろ》けるような顔になった彼女を見て、私は呆れたように茶をすする。

「あなたはすぐに幸せになれて、簡単でいいですね」

「はい、お菓子があれば私はいつも幸せですよ」

青々とした竹の葉が、雨粒が落ちる度に弾んでいる。愛梨は真剣な表情でその光景を眺めながら、ぽつりと呟いた。

「不思議なんですよね。白露庵に来てまだ少ししか経っていないのに、白露さんに会うと、時々とても懐かしい気持ちになるんです」

「そうですか?」

愛梨は私の顔をじっと覗き込んだ。

「ずっと気になっていたんです。白露さんは、どうして私にここで働かないかって声をかけたんですか?」

ふたりの出逢い

愛梨は私と初めて出会ったのは、母親とケンカした日だと思っている。しかし実際に私と愛梨が初めて出会ったのは、彼女は覚えていないようだが、今から十年以上前のことになる。


その頃、私は田舎のとある山にいた。

厄介ごとに巻き込まれ、力を消耗した私は、山にある祠《ほこら》で回復を待つつもりだった。緑が多く、おまけに竹林まであるこの山は私のお気に入りで、数百年前、この場所を拠点にしようと定めたのだ。

だからこの山の祠には、神珠《しんじゅ》がある。神珠はあやかしの力の源だ。私の力が弱まった時に使えるよう、祠に保管しておいた。

私は最後の力を振り絞り、小さな祠の扉を開いた。

しかし肝心の神珠は、こつぜんと姿を消していた。

他のあやかしには触れられないよう結界を張っていたので、おそらく触ったのは人間だ。この辺りではよく小学生くらいの子供が遊んでいるが、そのうちの誰かがどこかへ持って行ってしまったのだろう。祟《たた》りがおきるぞ。

私はぐったりと力尽き、その場に倒れた。

そんな私を見つけたのが、小学一年生の愛梨だ。

愛梨はリュックを背負い、水筒に入ったお茶を飲みながら、ひとりでのそのそと山を登ってきた。

そして地面に倒れている私を見つけ、大きな声で叫んだのだ。

「人間じゃない人が倒れてるっ！　白いお耳と尻尾があるっ！　お兄さん、どうしたの!?　大丈夫!?」

私は愛梨の声を聞き、右手を持ち上げ、呻《うめ》き声をあげる。本来なら人間に頼るなど御免だが、藁《わら》にもすがりたい状況だ。

「私の……祠が……」

「ほこら？」

「祠に祀ってある神珠がなくなってしまったから、私は力を使うことが出来ないのです」

愛梨は首を傾げて、しばらくの間考えた。

「うーーーーん。ごめんねお兄さん、もうちょっと分かりやすく言ってくれる？」

そう言われ、私は小さく「お」、と呟いた。

「お？」

「お腹が減った……」

そう言い残し、私はぱたりと地面に倒れた。

「え？　えええええええ!?」

迷った挙げ句、愛梨はリュックから自分の弁当を差し出した。

「お兄さん、愛梨のお弁当でよかったら食べる？」

美味しそうな食べ物の匂いにつられ、私は素早く身を起こし、弁当を食らい始めた。

昔から人間の作る料理に興味があったが、その中でも弁当は特に気に入っていた。色が鮮やかで見ていて楽しく、様々なおかずが入っているのが面白い。それに大抵の料理は冷めてしまうと不味くなるのに、弁当は冷めても美味しいと感じるのが不思議だった。愛梨が差し出した弁当の中には、おにぎりと鶏の唐揚げ、たこの形をしたウインナー、それにほうれん草のおひたしと卵焼きが入っていた。

どのおかずも美味しかったが、特にしっとりとした卵焼きは、格別だった。出汁の味が染みていて、ふわふわとしていて、一口食べるごとに力を取り戻すような心地がした。

やがて弁当箱が空っぽになると、愛梨の持っていた水筒を奪って飲み干した。人心地つき、満足した私は自分の腹をさすりながら呟いた。

「助かりましたよ、小娘。私は事情があって、しばらくここから離れるわけにはいかないのです」

愛梨は興味深そうに私のことを見つめていたが、やがて我慢が出来なくなったのか、尻尾にぎゅっと抱きついてきた。

愛梨くらいの子供なら、軽々と持ち上げられる。尻尾に力を入れると、彼女の身体はふわりと浮き上がった。愛梨は声をあげてそれを喜んだ。

「うわぁ、尻尾ふかふかで気持ちいい！　お兄さん、やっぱり人間じゃないの？」

人間に私の姿が見えるとは珍しい、と思いながら声をかける。

「そういえば小娘、あなた私のことが見えるのですか」

「うん、見えるよ！　さっきからお話してるじゃん！　それに小娘じゃないよ！　私は天龍愛梨です！」

「ふむ、私は白露」

「はくろ？」

「二十四節気の一つです。『陰気《いんき》ようやく重なり、露凝《つゆこ》って白し』が元になった言葉です。夏の暑さが過ぎ、大気が冷えて霧を結ぶ頃。つまり秋の訪れを意味する言葉です」

「ふぅーん。よく分からないけど、秋の狐さんなんだね」

愛梨は尻尾を抱きしめながら質問を続ける。

「どうして白露さんは尻尾が四本もあるの？」

「それは私が天狐だからです」

「てんこ？　てんこさんなの？　白露さんじゃなかったの？」

どうして子供というのはこんなに騒がしいのだろうと思いながら、説明を続ける。

「天狐というのは、千年以上生きた狐に与えられる位です」

「白露さん、そんなに生きてるの？　でも長生きした狐って尻尾が九本じゃないの？

九尾の狐っていうのが強いって、アニメで見たことあるよ」

私は少しむっとして眉を寄せた。

「九尾の狐より、天狐のほうがさらに賢いんです」

「尻尾の数が多い方が賢いんじゃないの？」

「物事はそう単純ではありません。よく覚えておきなさい、小娘」

「狐さんにも色々いるんだ……」

「そうですよ。とはいえ狐のあやかしの中で一番偉いのが天狐と覚えておけば、間違いありません」

愛梨はキラキラ瞳を輝かせ、何度も何度も頷いた。

「すごいな、知らなかったことを色々聞いちゃった！」

しかし喜んだと思った次の瞬間には、愛梨はなぜかしゅんと肩を落としていた。喜んだり落ち込んだり、忙しない娘だ。

「……でも愛梨の話、みんな信じてくれないからな」

そういえばさっき、愛梨が同じ年頃の娘たちから突き飛ばされている光景を目にした。愛梨は一緒に遊ぼうと誘ったが、あやかしの話をしたことで、嘘をついていると思われ、仲間に入れてもらえなかったようだ。

「さっきもいじめられていたようですね。最近の子供は、なかなか容赦がない」

「私、昔から色んなのが見えるんだ。幽霊とか、妖怪みたいなのとか、ふわふわした変なのとか。おばあちゃんは、それをあやかしって言ってた。おばあちゃんもそういうのが見えるんだって。だけど他の人は、誰も信じてくれないんだ。嘘つきだって言われるの。私がおかしいのかな」

私は扇子を取り出し、はたはたと扇ぐ。

「別におかしくはありません。あなたは他の子供より、目がいいのですね」

その言葉に、愛梨は得意げに声を張った。

「うん、視力検査は一番下の段まで全部見えたよ！」

「そうではなく、あやかしが見えるということですよ」

「それが見えるのは、目がいいの？」

「はい。さて小娘、そんなあなたに折り入って頼みがあります」

愛梨はぱちぱちと真ん丸な目を瞬かせ、何を頼まれるのかと、期待した様子でこちらに耳を傾けた。


翌日、愛梨は前日同様山に登ってきた。私の頼みを聞き届けるためである。

竹に身体を預け、爽やかな夏の風を感じていると、ちょうど愛梨がやって来た。愛梨は今日も、私のふわふわした尻尾が気になって仕方ない様子だった。しばらくじっと眺めていたが、私がふわりと尻尾を揺らすと、ぴょんと飛びついてきた。

「白露さんは、毎日ここで何をしているの？」

「消耗した力が回復するのを待っているのです」

「しょーもーしたちからをかいふく？」

「ちょっと面倒な相手と争いになって、力を消耗してしまったのです。この土地は私の聖域。つまり心が安らぐ場所なのです。なので力が戻るまで、ここでしばらくのんびりしようかと」

小さな祠は、今日も静かに佇んでいる。白い神垂《しで》が風に吹かれて、ひらひらと揺れていた。

「そういえば最初に倒れてた時、白露さん、しんじゅとか言ってなかった？」

私はぽんと手を打つ。どれほどこの娘が頼りになるかは分からないが、一応話しておこう。

「あぁ、そうです。この祠に、本当は神珠が祀られているんです。その神珠さえあれば全快するんですが、どこかに行ってしまったのです。小娘、もし見つけたら速やかに祠へ戻しなさい」

「神珠って、どんな珠なの？」

「透明のような虹色のような、両の手の平に収まるくらいの、ツルツルした美しい珠です」

「ふーん、分かった。探してみるね」

今朝近くに住んでいる誰かが参っているので、祠の前にはプラスチックの容器に入ったいなり寿司がある。

「お供え物もあるんだね。きつねの神様は、お稲荷さんなんでしょ？」

私は持っていた扇子の先で愛梨の頭を小突いた。

「別に狐の神が全部稲荷というわけでもないですよ。それにここは稲荷ではありません。そもそも稲荷に祀られている神は狐ではなく、宇迦之御魂神《うかのみたまかみ》です」

「う、うかのみたまのかみ？」

「まぁ難しいことを話しても、あなたには分からないでしょう。それより、食べ物の匂いがしますね」

「そうだ、白露さんに頼まれたやつね！」

愛梨はリュックをごそごそと開く。

今日も弁当を食べられると思うと、自然と顔が緩んだ。私は早速おにぎりに手を伸ばした。愛梨はじっとその光景を眺めていた。

「白露さん、お腹減ってるの？」

「はい。別に食べなくても生きていけます。人間とは違いますからね。しかしおいしい食事のない生活など、何の楽しみのない人生のようなもの」

愛梨は不思議そうに、いなり寿司を指さした。

「いなり寿司は食べないの？　お母さんに話したら、狐さんは油あげが好きだって言ってたよ。あれ、白露さんへのお供えでしょ？」

祠の前に置いてあるいなり寿司を見やり、私は顔をしかめる。

「近づけないでください。私は油あげが嫌いなんです」

「そうなの!?」

「人間だって、人によって好き嫌いがあるでしょう。狐だから油揚げが好きというのは、早計ですよ。私はもう、油あげは食べ飽きました。何せお供えものと言ったら、猫も杓子《しゃくし》も油揚げやいなり寿司ですからね」

「甘くて美味しいよ？」

愛梨の口から、よだれが垂れている。

「それはあなたが食べなさい、意地汚い小娘」

「ありがとう、白露さん。意地汚くないよ。愛梨だよ」

愛梨はプラスチックのパックを開くと、嬉しそうにいなり寿司を頬張った。

「うわー、油あげ、甘くて美味しい。酢飯の中に、絹さやとにんじんと椎茸が入ってるよ。シャキシャキしてる！　近くに住む、誰かの手作りみたいだね」

いなり寿司は三つ入っていたけれど、愛梨はあっという間に食べ尽くしてしまった。

「こんなにおいしいのにー。白露さん、本当に食べないの？」

「食べませんよ。というか、もうないじゃないですか」

私は愛梨の弁当をすっかり食べてしまうと、満足して腹を撫でた。

「なかなか美味でしたよ」

「よかった。愛梨のお母さん料理上手でしょ？　でも今まではどうしてたの？」

「さっきも言いましたが、別に食べなくても死なないのですよ。あやかしですから。たまに供え物をつまむくらいでいいのです。この周辺の人間は信仰深いのはいいんですが、油あげばかりで」

「ふーん。油あげが嫌で何も食べなかったから、この間みたいにお腹が減って倒れちやったんだね。白露さんって、ちょっと面白いね」

「ちっとも面白くありませんよ。とにかく小娘、明日も美味しい物を持って来て供えなさい」

愛梨は私の尻尾を抱きしめながら問いかける。

それぞれの尻尾をバラバラに動かすと、面白かったのか愛梨はキャッキャッと声をたてて笑ってた。

「白露さん、美味しい物が食べたいの？」

「そうです。色々な種類の美味しい物が食べたいのです。私は人間の食べ物に興味があるのです。普段は力を使って人間に化けて買い物に行ったりするんですが、しばらくはこの山から出られませんし、私の声は誰にも聞こえませんからね。どうしようかと考えあぐねて倒れていたところで私の姿が見える人間が見つかって、ほっとしました」

それを聞いた愛梨は、張り切って返事をする。

「分かった！　じゃあ愛梨、白露さんにたくさんおいしいもの持ってくる！」

「ぜひそうしなさい。よい供え物をすれば、あなたの息災を祈ってあげないこともありません」

＊

「愛梨ぃ、あなた最近ずいぶんたくさんお弁当持っていくのね」

忙しなく仕事の支度をしていた愛梨の母が、後ろから弁当箱を覗き込んでそう言った。弁当箱いっぱいに卵焼きを詰めていた愛梨は、ぎくりと動きを止める。

母親が不思議に思うのも当然だ。白露の分と合わせて、ほぼふたり分の弁当を持って行っているのだ。

愛梨の母は勘がいい。弁護士をしているからなのか、それとも勘がいいから弁護士になったのかは分からないが、下手に隠そうとすると大抵の嘘は見破られてしまう。

あまり喋るとボロが出そうだ。愛梨は母親の顔を見ないように急いで弁当箱の蓋をしめながら、しどろもどろで答える。

「友達と、一緒に食べてるんだ」

「ふぅん。それならいいけど。あなた、まさか山の方で遊んでないでしょうね？」

愛梨は動揺して弁当箱を落としそうになりつつ、それでも笑顔を作った。

「行ってないけど、どうして？」

「山は危ないから、子供だけで行っちゃだめよ！」

「そんなに危ないの？」

「えぇ、あの山は見えにくい場所が崖になってて、滑りやすいらしいのよ。山登りに慣れた人でもよく転落事故で病院送りになってるから、子供だけで遊ぶのは絶対やめなさい」

「はーい！」

愛梨は元気よく返事をして麦わら帽子を被り、一目散に山へと向かった。

母親の言いつけを破る後ろめたさが少しあるが、白露さんがいるなら大丈夫だろう。そう思ったのだ。

今日も日差しは攻撃的な暑さだ。しかし山の中に入ると、緑が多いからか幾分ましになる。山道の途中、愛梨は草むらで何かきらりと光る物を見つけた。不思議に思い、そっと手を伸ばしてみる。

「これ、何だろ？」

草の中に落ちていたのは、ガラス玉のような物だった。真ん丸でツルツルしていて、触るとひんやりと冷たい。

最初は透明に見えたけれど、太陽にかざすと青色になり、それから紫、緑とどんどん色を変える。

「うわー、綺麗だなぁ！　白露さんにも見せてあげよう！」

そう言って、愛梨はその玉をリュックにしまいこみ、そのまま忘れてしまった。

＊

竹林の中にある祠の近くで、私は愛梨が来るのを待っていた。

しばらくすると、今日も麦わら帽子を被った愛梨が大きく手を振りながら、息をきらして走ってくる。

「はい、今日もお弁当！」

私は嬉々として弁当箱を受け取ると、おにぎりにかぶりついた。

「ふむ、梅干しですね。酸っぱくていい塩梅です」

「それから、ツナマヨもあります」

ツナマヨという名を耳にしたことはあったが、実際口にするのは初めてだった。

「面妖《めんよう》な……これは魚ですか？」

「うん、ツナは……魚のはず……えっと、何だったかな……？　うーん……何かのお魚です！」

「同じことを二回言ってるだけじゃないですか。ふむ、こってりとしたマヨネーズとさっぱりした魚の味わいがくせになりますね。しかしこのマヨネーズというのは、何でもマヨネーズの味にしてしまう」

中でも私が一番楽しみにしているのは、やはり卵焼きだった。

「弁当の卵焼きというのは、何度食べても飽きない。今日は甘い味ですね。塩辛いのも甘いのも、どちらも美味です」

「そうでしょ？　それに今日の卵焼きは、愛梨が作ったんだよ！」

私は感心して頷きながら、愛梨に問いかけた。

「でも本当は、あなたの母親がほとんどやったのでしょう？」

「違うよー！　ちゃんと愛梨が卵を割りました！　焼きました！　巻きました！」


弁当を食べ終わると、私は愛梨と一緒に竹林の周りを歩いた。

途中歩き疲れて、愛梨は草の生い茂っている場所にばたりと倒れる。草は天然のベッドのように、ふかふかしていて寝心地がよさそうだ。

私は彼女の側に腰を下ろし、涼しい風を感じていた。愛梨はぼんやり上を眺めている。すると彼女の側に、ぴょこりと白い耳が現れた。

「あれ……白露さん？」

真っ白な毛艶のいいそれは、確かに私の耳にそっくりだ。けれど、私の耳よりずいぶん小さい。やがて茂みの中から、真っ白な狐が現れた。

「あ、狐さん！」

愛梨がそう叫ぶと、その後ろにぴょん、ぴょんと他の狐が現れる。気が付くと、十五匹くらいの狐が並んでいた。

「うわー、狐がたくさん！」

それから愛梨は私と狐を見比べる。

「そっくりだ……。もしかしてこの狐は、白露さんの子供ですか!?」

それを聞き、私は扇子で愛梨の頭を小突いた。

「何をバカなことを言っているんですか。狐は私の遣いではありますが、血縁関係はありませんよ」

「そっかぁ」

愛梨はその中でもひと際小さい、耳が少しギザギザしている狐に目を留めた。

「この子は一番小さいね。それに、ケガをしているみたい」

私はふむ、と口を一文字に結ぶ。

「その狐は昔、どうやら父親を人間に撃たれたようですね」

「えっ、そうなの!?　ひどいね……。ていうか白露さん、狐と話せるの!?　いいなぁ！」

彼女の言う通り、狐たちは私の遣いなので、言葉は通じるし、頼めば可能な範囲で従ってくれる。それにこの狐たちは、愛梨が考えている狐とは少し違う。どちらかというと、あやかしに近いものだ。

愛梨はギザ耳の狐にそっと手を伸ばす。最初は警戒した様子だったが、愛梨ののほほんとした雰囲気につられてか、小さな狐はそっと彼女に頭をすり寄せた。

「君、お父さんがいないのかぁ。愛梨と同じだね。愛梨のお父さんも、事故で死んじゃったんだ」

遣いの狐は滅多に人間に懐かないのに、珍しいと思いながら静かに見守る。

「君じゃ呼びにくいから、名前をつけてあげよう。耳がギザギザしてるから、今日から君はギザちゃんね！」

私は愛梨のネーミングセンスのなさに、絶句した。

「何と気の毒なことを……」

「何でよ、かわいいでしょ！」

愛梨は命名した狐を気に入り、傷の手当てをして、しばらく草むらで一緒に遊んだ。

愛梨はそれからも、毎日のように弁当を持って私のところへ通った。別に命令しているわけでもないのに、律儀な娘だ。

だが遊び相手に狐たちも加わったことで、愛梨は山へ来るのが楽しくて仕方ない様子だった。

一日中山を駆け回り、大きな木にもたれて休憩していた愛梨は、やがて疲れたのか、すぅすぅと寝息をたてて眠ってしまった。

山の日が落ちるのは早い。このまま放っておくと、親が心配するだろう。私は仕方ないなと思いながら愛梨を背中に背負い、山道を歩いてふもとを目指した。

途中で目を覚ましたらしく、愛梨は寝ぼけた顔で私を見上げた。

「白露さん、ここまでおんぶしてくれたの？」

「おや、やっと起きましたか。それでは重いので下りてください」

そう答えるのと同時に、どさりと彼女を地面に落とす。

「うー、ひどいよー、せっかく気持ちよく寝てたのに。優しくするなら最後まで優しくしてよー。中途半端な優しさが一番人を傷つけるんだって、ドラマで言ってたよー」

「最初から最後まで優しくしません。私は人間が嫌いですからね」

そう言うと、愛梨はぱちぱちと瞬きしながら問いかけた。

「どうして人間が嫌いなの？」

私はこれまでに出会った人間たちのことを思い返しながら、目を細める。

「私は千年の間、様々な場所で人間を見守ってきました。しかし千年の間見ていても、人間というのは理解に苦しむ生き物なのです」

うーんと唸ってから、愛梨は無垢な顔で言葉を続ける。

「でも千年も見ているってことは、きっと白露さんは、本当は人間が大好きなんじゃないかなぁ?」

予想外のことを言われ、私は少し驚いて目を見開く。それから笑みを浮かべ、指先で愛梨の額をつついた。

「生意気な小娘ですね」

「小娘じゃないもん、愛梨だもん」

オレンジ色の太陽が、町を照らしていた。近くで遊んでいた子供たちもちょうど家に帰る時間らしく、彼らが楽しげに去って行く後ろ姿が見える。

「小娘は、他の子供と遊ばないのですか?」

「愛梨、嘘つきだと思われてるから、友達いないんだ」

私は黙って愛梨を見下ろす。

「白露さんが見えるのも、他の色んなのが見えるのも、本当のことなのになぁ」

そう言ってから、愛梨は私の手をぎゅっと強く握りしめる。

「でも愛梨には、白露さんがいるからいいや」

そう言って、愛梨は眉をへにゃりと下げて笑った。

その時私は愛梨のことを、初めて不憫に思った。きっとこの子があやかしを見ることが出来るのも、あと数年だろう。彼女の心がまだ純粋だから見えてしまうだけで、本来なら人間はあやかしを見られない。

そして大人になれば、あやかしより大切な物がたくさん出来て、すぐにあやかしを見ていたことなど忘れてしまう。

実際私はそういう人間を、数多く見守ってきた。

――いや、その前に、狐花送《きつねはなおく》りが終われば、私は現世から消える。

神となって、天上へと向かうのだ。自分がいなくなった山にひとりきりで残された愛梨の姿を思うと、今までに感じたことのない鈍い痛みのようなものが、胸を走った気がした。

「……もうすぐ狐花送りですね」

「狐花送りって、この地域のお祭りだよね。白露さん、知ってるの？」

「彼岸という言葉を聞いたことがあるでしょう。あなたたちが住んでいる欲や煩悩《ぼんのう》に満ちた世界を此岸《しがん》、そういう欲や煩悩から解放された世界を彼岸《ひがん》というのです」

「へぇ……此岸と彼岸」

「その二つは川で隔てられていて、川を渡って向こう側の世界に渡ることで余計な考えを捨て、幸せになれるという教えなのです。狐花送りも、川に関係がある祭りでしょう」

それを聞いた愛梨は、この町特有の風習を話した。

夏の終わりに、狐花送りという行事を行う。灯籠《とうろう》流しに似ていて、花の形に折った灯籠の中に蝋燭《ろうそく》を入れ、川に流す。灯籠を流す人間は狐のお面をつけ、仮装して町をねり歩く。灯籠流しと狐の行列が合わさったような行事だ。

「狐花送りも送り火の一種ですからね。祭りの起源は大抵が慰霊《いれい》と鎮魂です。私がこの地にいることも関係しているかもしれませんが、この時期は二つの世界の境界が曖昧になり、あやかしの姿が普通の人間にも見えやすくなる」

愛梨はその説明をすべて理解したわけではなかったが、一応納得したようだ。

「だから私、白露さんと会ったのかなぁ」

「そうかもしれませんね」

私もそのことを不思議に思う。弱っていたからとはいえ、人間に見られてしまうことは珍しい。いや、本当だったら、全力で正体を隠そうと思えば、擬態くらいは出来たはずだ。

しかし、私は愛梨と出会った。出会ってもかまわないと思った。

どうしてだ、と自分に問いかけたが、答えは分からなかった。

限りある命

愛梨はいつものように弁当の入ったリュックを背負って、山へと登る。

今日も快晴だ。蝉の鳴き声がやかましくて、少しげんなりする。眩い太陽を眺めながら、愛梨は額の汗を拭う。こんな風に楽しい毎日が、永遠に続けばいい。けれど、永遠の時などないことを知っている。

もうすぐ夏休みが終わる。

そうなっても、愛梨は特に何が変わるわけではないと思っていた。秋になり、蝉が鳴かなくなってこの森が紅葉で茜色に染まっても、毎日白露と狐たちに会いに来るつもりだった。

しかし今日の白露は、いつもと様子が違った。

緊張感があるというか、ピリピリしている。まるで全身に電気が走っているみたいに、触るとビリッと痺れそうだ。

「白露さん、どうしたの？」

最初は自分が白露を怒らせるようなことをしたのかと、どきどきした。しかし様子を見ているうちに、彼が少し寂しげな表情なのに気付く。

「弁当を持ってくるのは、今日で最後でいいです。それからもう、ここにも来なくていいです」

「えっ⁉　何で⁉」

突然突き放すようなことを言われ、愛梨は泣き出しそうになった。

「小娘。私はあと数日でここからいなくなってしまいます。だからあなたは、あなたの友人と遊びなさい」

告げられた言葉に、愛梨は頭が真っ白になった。

「……え？　白露さん、いなくなっちゃうの？」

たとえ季節が変わり、冬になってこの山が白く染まろうとも、春になって桜が咲き乱れても、白露はずっとここにいるのだと、漠然とそう思い込んでいた。

だって狐のあやかしは、とても長生きだと言っていたのだから。

「ここは白露さんの土地なんでしょ？　白露さんはずっとここにいるんじゃないの？」

白露は風に深紫の羽織をはためかせ、空を仰ぐ。

「狐花送りの日、私は神になるのです」

彼の銀色の長い髪も、風に靡いている。

どこかから、チリンと鈴の音が聞こえた気がした。

「そっか、来週がお祭りなんだよね」

去年、愛梨は引っ越してきたばかりだったので参加出来なかったが、祭りの日になると、狐のお面をつけた人々が行列を作る。初めてそれを見た愛梨は、狐のお面を怖がって、少し泣いてしまった。

それでも今年はあの行列に自分も混じれるのだと考えて、わくわくしていた。花の形をした灯籠に炎が灯り、いくつもいくつも川を流れていく光景は、幻想的で美しかった。あの祭りが神聖な意味を持つのだろうとは感じていたが、白露にも深く関わっていたようだ。

「神様になると、どうなるの？」

「天上でやんごとなく暮らせるらしいですよ」

「そっかぁ……きっと神様が行くなら、楽しいところなんだろうね」

「そうでしょうね。それが私たちの長年の夢でもありますから」

愛梨は白露がこの山からいなくなってしまうことを想像する。しかし上手く思い浮かべることが出来なかった。愛梨にとって、この山に通うことは、白露に会うことと同義だった。どうしてだか、彼はずっと自分と一緒にいてくれるような気がしていた。

突然置いてけぼりにされたようで、無性に寂しくなった。愛梨の瞳から、ボロボロと涙がこぼれ落ちる。

「こら、何を泣いているんですか」

「そっかぁ、そっかぁ……でも愛梨は、白露さんに会えなくなっちゃうの、嫌だなぁ」

ごしごしと強く目蓋を擦っても、涙を止めることは出来なかった。おそらくとてもいいことなのだ。千年の間修行を積んで、神になる。どんなに大変なことか、想像もつかない。

だから祝うべきだと思うのに、愛梨は悲しくて仕方なかった。

そんな愛梨の姿を見て、白露は珍しく優しい笑みを浮かべた。自分に優しく笑いかける白露を見て、愛梨は心臓が止まりそうになる。

「大丈夫です。きっと私のことなど、すぐに忘れます」

「忘れないよぉ……！　愛梨、白露さんのことは絶対に忘れないもん。会えなくなっても、見えなくなっても、白露さんのことはずっと忘れないよ！」

愛梨は白露の腰にぎゅっと抱きついた。このままずっと白露さんのことを捕まえていたら、どこにも行かないでずっとここにいてくれないだろうか。

無理だと分かっていながらも、愛梨は強く願った。

帰り道、愛梨は急ぎ足で山道を下っていく。

白露と離れがたくて、うだうだしていたら、うす暗くなってしまった。帰ったら母親から大目玉を食らいそうだ。途中、愛梨は同級生の少女たちふたりとすれ違う。彼女たちは何やらはしゃいだ様子で走っている。

「わぁっ、真っ白な狐だ！」

「小さくてかわいいっ！」

狐という言葉を耳にし、愛梨はまさかと思って少女たちに注目する。

すると少女の足元で、白い何かがさっと移動した。一瞬のことだったが、確かにギザギザになった耳が見えた。

（ギザちゃんが追いかけられてる！）

愛梨は焦ってふたりを追った。

「待って！　追いかけたらダメだよ、びっくりしちゃうから。それにケガが治ったばかりなの！」

ふたりは愛梨に止められ、不満そうに口を尖らせる。

「愛梨ちゃんが飼ってるの？」

「違うよ。そういうんじゃなくて、友だちなんだ」

「だったらいいじゃない、別にいじめたりしないよ」

「そうそう、ちょっと触りたいだけだもん。愛梨ちゃんには関係ないでしょ！」

子狐は小さな身体で、ひょこひょこと山の奥へと逃げる。少女たちも、躍起《やっき》になってそれを必死に追いかける。

愛梨は狐が進んでいる方向を見て、はっとして叫ぶ。

「止まって！　その先は崖になってるの！」

この間通った時に、危ないと思った道だ。愛梨に止められた少女たちは、驚いて歩みを止める。

しかし子狐はそのまま草むらを抜け、先へと進もうと走る。

「ギザちゃんダメ、危ないから！」

愛梨は子狐が崖から落ちる寸前に両手で抱き上げ、引き止めた。

「危なかったね、ギザちゃん」

安心して息をつくが、立ち上がろうとした瞬間、足場の土が崩れた。ふわりと身体が浮かぶのを感じる。しまった、落ちると思った時には、もう間に合わなかった。

「愛梨ちゃんっ！」

愛梨は最後の力で子狐を少女たちの方へ放り投げ、自分の名前を呼ぶ声が遠ざかって行くのを聞きながら、斜面を滑り落ちた。

少女たちは泣きそうになりながら、崖下を覗き込む。

「どうしよう、愛梨ちゃんが落ちちゃった！」

「どうしようって……とにかく大人の人、誰か呼んでこないと！」

崖下で頭から血を流して倒れている愛梨を見て、子狐は山全体に響き渡るような、鋭い鳴き声をあげた。

＊

子狐が鋭い声をあげるのを聞きつけ、私は疾風のような早さで彼らの元へ駆けつける。

斜面を覗き込むようにして、泣き顔の少女がふたり、立ちすくんでいた。私は彼女たちの額に、そっと手を当てる。すると彼女たちは糸が切れたように、その場に座り込む。これから私がすることを、万が一人間に見られたら不都合だ。そう考え、術で彼女たちを眠らせたのだ。

子狐は私の姿を見つけると、崖の下を見るように促して、私の肩に飛び乗る。

ただならぬ様子を感じ、私は宙を飛びながら崖下へ向かう。崖を一番下まで降りたところで、愛梨は倒れていた。愛梨の頭から、止めどなく血が流れている。

子狐はきゅうきゅうと鳴き声をあげ、愛梨の服を引っ張って必死に彼女に呼びかける。私も彼女の頬を叩き、愛梨に声をかける。

「愛梨っ！　しっかりしなさい、愛梨！」

しかし何度呼びかけても、返事はなかった。

「愛梨……」

普段は耳をふさぎたくなるほどにやかましく話をするその唇も、今はぴくりとも動かない。目まぐるしく笑ったり怒ったり、忙しなく変わる表情も、少しも動かない。

愛梨は真っ白な顔で、ただ静かに目を閉じたまま、横たわっている。

彼女の命が失われてしまったことは、明白だった。胸を裂くような痛みに苛まれながら、目蓋を閉じる。

これまで千年の間、なるべく人間とは関わりを持たないようにしてきた。それでもごく稀に、縁を持ち、心を惹かれる人間が現れた。しかしどんなに親しくなろうと、結末はいつも同じだ。いくら側にいたいと願っても、離れたくないと願っても、人間の命はあやかしの自分よりずっと短い。私はこれまで何度も何度も、彼らの命の火が尽きるのを見送ってきた。

それと同じことだ。

人間は弱い。あやかしの自分とは違う。少しケガをしただけで、病気にかかっただけで、驚くほど簡単に死んでしまう。人の生き死にに、自分が関われることはない。ずっとそう自分を律して来た。

けれど——。

『千年も見ているってことは、きっと白露さんは、本当は人間が大好きなんじゃないかなぁ？』

『愛梨には、白露さんがいるからいいや』

『でも愛梨は、白露さんに会えなくなっちゃうの、嫌だなぁ』

愛梨から与えられた言葉があたたかい光のように輝きながら、私の中を巡っていく。

ギザ耳の子狐は、私の傍らにちょこんと鎮座していた。そして悲しげな声で訴える。

「白露、愛梨が死んじゃったよ。ボクを助けるために、愛梨が死んじゃった」

子狐の声を聞き、私は小さな、けれどはっきりとした声で言った。

「……このまま死なせはしません。私は、この娘を助けたい」

子狐は傷ついた愛梨の手を、ぺろぺろと舐める。

「ボクだって愛梨を助けたいよ。だけど白露だって、力が万全じゃないんでしょ？」

「そうですが、そんなことを言っている場合では……」

その時、私は愛梨の背負っていたリュックから、眩い光が漏れているのに気付く。

私はそれにそっと手を伸ばす。

リュックの中から転がってきたのは、キラキラと輝く神珠だった。

「バカですね、見つけていたのに私に返すのを忘れていたなんて」

私は小さく笑うと、神珠をふわりと宙に浮かべた。全身に力が戻って行くのを感じる。瞳が神珠に呼応するように、金色の光を帯びた。

「神珠、見つかったんだね」

「えぇ。だから今なら私の力をすべて使えば、出来るかもしれない」

「出来るって？」

「愛梨の命を、蘇らせることが出来るかもしれません」

いつの間にか私たちの周囲には、たくさんの狐が輪になって集まっていた。

彼らを代表するように、年老いた白い狐が声をかけてくる。

「でも本当にいいのかい、白露？　お前は千年の間人々を見守り、錬磨を重ねた。あとほんの僅か。狐花送りの日が来れば、神になれると聞いた。そのためにここにいたんだろう？　今この娘を助けるために力を使えば、白露は千年の錬磨を失って、ただの妖狐になる。もう少しで、せっかく天上で暮らせたのに」

言いながら、年老いた狐はこの言葉にそれほど意味がないことも理解していたようだ。私の心は、とっくに決まっていた。迷いなど、欠片ほどもない。

「千年の区切りにこの娘と出会ったのも、何かの縁でしょう。この娘と会ったのが偶然ではないとしたら、私はきっとこの娘を助けるために、この地に来たのです」

老いた狐は、それを聞いて納得したように頷く。

「そうか。ならば、私たちは見守ろう」

私はそっと愛梨の頭を撫でる。

「千年の間重ねた、すべての力を失っても構わない。私はこの娘を助けたい。千年の間見守っていても、分からないのです。人間が美しいものなのか、醜いものなのか」

最初に山でひとり泣きべそをかいている愛梨を見つけ、私は彼女に興味を持った。

愚かで弱々しいけれど優しいこの少女のことが、どうしようもなく気になった。

その時私は、どうして愛梨と出会ったのか、ようやく理解した。

偶然ではない。私が愛梨と出会うことを選んだのだ。

私が愛梨と一緒に過ごすことを選んだ。

——そして今、愛梨の命を救おうと決めたのだ。


たとえそのまま、私のすべてが消えてしまっても。


私の周りに、狐たちが円を描くように集まる。どうやら力を貸してくれるようだ。

「でも白露、この娘は命が助かったとしても、きっとお前を忘れてしまうよ」

私は薄く微笑み、目蓋を閉じる。

「良いのです。縁があれば、再び道が交わることもあるでしょう」

その言葉の直後、宙に浮かんでいた神珠が、粉々に割れて砕け散る。そして天まで届くほどの眩い光の放流が、愛梨の身体に流れ込んだ。

周囲の景色は真っ白に染まり、やがて何も見えなくなった。

＊

——部屋の外から、祭り囃子が聞こえる。

和太鼓と笛、それに鉦《かね》が軽快なリズムを奏でている。

布団の中で目を覚ました愛梨は、薄く目を開いてぼんやりと部屋の天井を眺める。

(今年もお祭りにはいけなかったな。狐花送り、楽しみにしてたのに。)

白露に助けられたあの日の夜中。

愛梨は気が付くと、意識を失って崖の下で倒れていた。

幸いケガはなかった。崖から転落したにも関わらず、かすり傷一つなかったのだ。

捜索に来た消防団の人間には、奇跡だと言われた。

その上おかしなことに、愛梨は一体何が起こったのか、どうして意識を失ってあの場所に倒れていたのか、一切記憶がなかった。山で遊んでいた記憶は薄らとあるのだが、それ以上のことは覚えていない。

愛梨は母親にたいそう心配され、きつく叱られたが、念のため病院で検査をしても後遺症のようなものはなかった。

結局夏休みの間、愛梨はずっと母に見張られて、もう二度と山に行くことは出来なかった。

せめてお祭りの日だけでもと必死に頼んだが、母親に雷を落とされた。

愛梨は立ち上がって部屋の窓を開き、山を見つめる。人々が持った灯籠の灯りが、点々と行列を作り、遠くの道に浮かび上がっている。

——もうすぐ夏が終わる。

いくら考えても、愛梨は夏の間に山で起こった出来事を、何一つ思い出せなかった。どうして毎日のように山に通っていたのか、どうして普段より多く弁当を持って行ったのか。

分からないことだらけだった。

祭りが終わって祭り囃子が聞こえなくなり、周囲が静まりかえって何の音も聞こえなくなっても、愛梨は山を眺めていた。

やがて夏が終わり、季節が何度か巡った後、愛梨は母の都合でそれまで住んでいた場所から関東へと引っ越すことになった。

そして何か大切なことを忘れてしまったということさえ、彼女の記憶からすっかり消え去ってしまった。

愛梨は高校生になった。

この頃になると愛梨もあやかしの姿を目にすることは、ほとんどなくなった。

そして結局愛梨は忘れてしまった大切な記憶を、思い出すことが出来ていない。

見守る理由

「今日は本当にお客さん、来ませんねー」

白露庵の軒先に座り、相変わらずの天気雨を眺める。

「そうですね」

「でも白露さんとこうやってのんびりするのも、たまにはいいかもしれませんね」

その時愛梨は、こんなやりとりをするのもなんだか懐かしいと思った。

そして白露に最初に会った時も、なぜか懐かしいと感じたのを思い出す。

何か大切なことを、忘れている気がする。

それは愛梨の中に、何度も沸き上がる疑問だった。

眩しい太陽の光、草の匂い、そこで出会った着物姿の誰か。温かくて優しくて安心する、大好きな誰かの姿と、白露の姿がぴったりと重なった。

愛梨は驚いて、じっと白露を見つめた。

見られているのに気が付いた白露は、大福を取ろうと伸ばした手を止め、愛梨を睨みつける。

「意地汚い娘ですね。私が最後の大福を食べるのが気に入らないんですか？　今度から、豆の一粒一粒に名前でも書いておきなさい」

「違いますよっ！」

愛梨は頬を膨らませ、八つ当たりのように大福にかぶりつく。

「私、小さい頃、大好きな人がいたんです。その人が白露さんに似ているような気がしたんですけど……よく思い出せないんですよね」

白露は薄い笑みを浮かべ、穏やかに頷いた。

「愛梨、いいことを教えてあげましょう」

「いいこと？」

白露の白くて大きな手が、愛梨の頬にそっと触れた。愛梨は驚いて胸を高鳴らせる。

「とにかく働きなさい。馬車馬のように。そうすれば、すべて忘れられます」

「人の話聞いてました⁉ 私は忘れたいんじゃなくて、思い出したいんですよ！」

白露はカラカラと声をたてて笑う。

「やっぱり絶対気のせい！ 白露さんは、全然優しくないですもん！」

「失礼な。私ほど優しいあやかしなど、世界中探してもなかなかいませんよ」

愛梨は大福を食べながら、白露に問いかける。

「白露さん。聞いてみたいって、思ってたんです。あの日、初めて私が白露庵にたどり着いた日。どうして私に、働かないかって声をかけたんですか？ どうして私だったんですか？」

白露は湯飲みの梅昆布茶を飲み干し、ぽつりと呟いた。

「あなたなら……」

「私なら？」

白露は一瞬考えるように呼吸を置いたあと、また話し出す。

「あまり賢くなくて扱いやすそうだから、店番に丁度良いかと思ったんです」

「どうしてそうやって意地悪ばっかり言うんですか！」

＊

私は愛梨の姿を見ながら、彼女の命を助けた日のことを思い出していた。

愛梨があの山での出来事を忘れてからも、私は彼女を見守っていた。

愛梨に人間の友人が出来、あやかしのことをだんだんと忘れていくのを少し寂しく思ったが、これでいいのだと納得していた。

しかし何の因果か、愛梨は私の店に辿り着き、私たちは再び巡り会った。

『どうして私だったんですか？』

問われたその言葉に、心の中で返事をする。

私の命は常に、あなたの傍らにある。

私には、人間が美しいものか醜いものか分からない。

でも、あなたといれば美しいものだと、そう信じられるような気がしたんですよ。


どこかでまた鈴の音が、チリンと鳴るのが聞こえた気がした。

愛梨は嬉しそうに立ち上がり、私に眩い笑顔を向ける。

「白露さん、きっとお客様ですね！　私、お店の用意をしてきます」

元気よくそう言って、パタパタと駆けていく。

私は彼女の後ろ姿を見送り、空に浮かぶ満月を仰いだ。

あとがき

こんにちは、御守いちると申します。

この度は本作を手に取っていただき、誠にありがとうございます。

普段はライトノベルを書いているのですが、いつもあとがきに何を書いていいのか、本当に迷います。

あまり奇抜なことを書いて「この人大丈夫かしら」と思われてもあれなので、この小説を書くことになったきっかけを。

『小説家になろう×スターツ出版文庫大賞』が行われているのを目にして興味を持ち、以前からライト文芸ジャンルに挑戦してみたいと考えていたのもあり、ほっこり人情小説部門に応募しようと思ったのがきっかけです。

調べてみると、このジャンルではとにかく「あやかし」の人気が熱いと分かったので、あやかしが食べ物屋さんで何かの料理を出して、訪れた人々がほっこりするお話にしようという方向性になりました。

どんなあやかしにするかは、私がとにかく狐さんが好きなので、かっこいい狐を登場人物にしようとあっさり決まりました。

しかしそういう話はたくさんありそうだな、どんなお店だといいかなと悩んで主人に相談したところ、『お客さんの思い出に残っている料理を出して、過去に戻れるようにすればいいんじゃないの』というアドバイスを貰い、それはいいアイデアだ、それなら書けそうだと考えて、この小説が出来上がりました。

本作を出版する機会を与えてくださった「小説家になろう」の皆様、スターツ出版の皆様、優しいお言葉で励ましつつ小説をブラッシュアップしてくださった担当の後藤様、素敵なイラストを描いてくださった新井テル子様、この小説の出版にかかわってくださった全ての方にお礼を申し上げます。

今回小説を書いている時に強く意識したのが、「読んでいる人が幸せな気持ちになれるような話を書きたい」ということでした。

本作が読者様の心に残る作品になったなら、これに勝る喜びはありません。

皆様の毎日にたくさんの幸せが訪れることを祈りつつ、あとがきとさせていただきます。

二〇一八年十月　御守いちる

この物語はフィクションです。実在の人物、団体等とは一切関係がありません。

本書は株式会社ヒナプロジェクトが運営する小説投稿サイト「小説家になろう」(https://syosetu.com/)に掲載されていたものを改稿の上、書籍化したものです。

なお、「小説家になろう」は株式会社ヒナプロジェクトの登録商標です。

御守いちる先生へのファンレターのあて先
〒104-0031　東京都中央区京橋1-3-1　八重洲口大栄ビル7F
スターツ出版(株) 書籍編集部 気付
御守いちる先生

あやかし食堂の思い出料理帖
～過去に戻れる噂の老舗「白露庵」～

2018年10月28日　初版第1刷発行

著　者　　御守いちる　©Ichiru Mimori 2018

発 行 人　　松島滋
デザイン　　カバー　徳重 甫+ベイブリッジ・スタジオ
　　　　　　フォーマット　西村弘美
D T P　　久保田祐子
編　　集　　後藤聖月
発 行 所　　スターツ出版株式会社
　　　　　　〒104-0031
　　　　　　東京都中央区京橋1-3-1　八重洲口大栄ビル7F
　　　　　　TEL　販売部　03-6202-0386（ご注文等に関するお問い合わせ）
　　　　　　URL　https://starts-pub.jp/
印 刷 所　　大日本印刷株式会社

Printed in Japan

ISBN　978-4-8137-0557-4　C0193

スターツ出版文庫　好評発売中!!

『すべての幸福をその手のひらに』　沖田《おきた》円《えん》・著

公立高校に通う深川志《ゆき》のもとに、かつて兄の親友だった葉山司《つかさ》が、ある日突然訪ねてくる。それは７年前に忽然と姿を消し、いまだ行方不明となっている志の兄・瑛《あきら》の失踪の理由を探るため。志は司と一緒に、瑛の痕跡を辿っていくが、そんな中、ある事件との関わりに疑念が湧く。調べを進める二人の前に浮かび上がったのは、信じがたい事実だった――。すべてが明らかになる衝撃のラスト。タイトルの意味を知ったとき、その愛と絆に感動の涙が止まらない！

ISBN978-4-8137-0540-6 ／ 定価：本体620円＋税

『きみがいれば、空はただ青く』　逢優《あゆ》・著

主人公のあおは、脳腫瘍を患って記憶を失い、自分のことも、家族や友達のこともなにも憶えていない。心配してくれる母や親友の小雪との付き合い方がわからず、苦しい日々を送るあお。そんなある日、ふと立ち寄った丘の上で、「100年後の世界から来た」という少年・颯と出会い、彼女は少しずつ変わっていく。しかし、颯にはある秘密があって……。過去を失ったあおは、大切なものを取り戻せるのか？　そして、颯の秘密が明らかになるとき、予想外の奇跡が起こる――‼

ISBN978-4-8137-0538-3 ／ 定価：本体560円＋税

『奈良まちはじまり朝ごはん３』　いぬじゅん・著

詩織が、奈良のならまちにある朝ごはん屋『和温食堂』で働き始めて１年が経とうとしていた。ある日、アパートの隣に若い夫婦が引っ越してくる。双子の夜泣きに悩まされつつも、かわいさに癒され仕事に励んでいたのだが……。家を守りたい父と一緒に暮らしたい息子、忘れられない恋に苦しむ友達の和豆、将来に希望を持てない詩織の弟・俊哉が悩みを抱えてお店にやってくる。そして、そんな彼らの新しい１日を支える店主・雄也の過去がついに明らかに！　大人気シリーズ、感動の最終巻‼

ISBN978-4-8137-0539-0 ／ 定価：本体570円＋税

『夕刻の町に、僕らだけがいた。』　永良《ながら》サチ・著

有名進学校に通う高１の未琴は、過剰な勉強を強いられる毎日に限界を感じていた。そんなある日、突然時間が停止するという信じられない出来事が起こる。未琴の前に現れたのは謎の青年むぎ。彼は夕方の１時間だけ時を止めることが出来るのだという。その日から始まった、ふたりだけの夕刻。むぎと知る日常の美しさに、未琴の心は次第に癒されていくが、むぎにはある秘密があって…。むぎと未琴が出会った理由、ふたりがたどる運命とは――。ラストは号泣必至の純愛小説！

ISBN978-4-8137-0537-6 ／ 定価：本体570円＋税

スターツ出版文庫　好評発売中!!

『記憶喪失の君と、君だけを忘れてしまった僕。』小鳥居《ことりい》ほたる・著

夢も目標も見失いかけていた大学３年の春、僕・小鳥遊公生の前に、華怜という少女が現れた。彼女は、自分の名前以外の記憶をすべて失っていた。何かに怯える華怜のことを心配し、記憶が戻るまでの間だけ自身の部屋へ住まわせることにするも、いつまでたっても華怜の家族は見つからない。次第に二人は惹かれあっていき、やがてずっと一緒にいたいと強く願うように。しかし彼女が失った記憶には、二人の関係を引き裂く、衝撃の真実が隠されていて――。全ての秘密が明かされるラストは絶対号泣！

ISBN978-4-8137-0486-7 ／ 定価：本体660円＋税

『今夜、きみの声が聴こえる』　いぬじゅん・著

高２の茉奈果は、身長も体重も成績もいつも平均点。“まんなかまなか”とからかわれて以来、ずっと自信が持てずにいた。片想いしている幼馴染・公志に彼女ができたと知った数日後、追い打ちをかけるように公志が事故で亡くなってしまう。悲しみに暮れていると、祖母にもらった古いラジオから公志の声が聴こえ「一緒に探し物をしてほしい」と頼まれる。公志の探し物とはいったい……？　ラジオの声が導く切なすぎるラストに、あふれる涙が止まらない！

ISBN978-4-8137-0485-0 ／ 定価：本体560円＋税

『きみと泳ぐ、夏色の明日』　永良《ながら》サチ・著

高２のすずは、過去に川の事故で弟を亡くして以来、水への恐怖が拭い去れない。学校生活でも心を閉ざしているすずに、何かと声をかけてくるのは水泳部のエース・須賀だった。はじめはそんな須賀の存在を煙たがっていたすずだったが、彼の水泳に対する真剣な姿勢に、次第に心惹かれるようになる。しかしある日、水泳の全国大会を控えた須賀が、すずをかばって怪我をしてしまい…。不器用なふたりが乗り越えた先にある未来とは――。全力で夏を駆け抜ける二人の姿に感涙必至の青春小説！

ISBN978-4-8137-0483-6 ／ 定価：本体580円＋税

『神様の居酒屋お伊勢～笑顔になれる、おいない酒～』梨木《なしき》れいあ・著

伊勢の門前町、おはらい町の路地裏にある『居酒屋お伊勢』で、神様が見える店主・松之助の下で働く莉子。冷えたビールがおいしい真夏日のある夜、常連の神様たちがどんちゃん騒ぎをする中でドスンドスンと足音を鳴らしてやってきたのは、威圧感たっぷりな“酒の神”！ 普段は滅多に表へ出てこない彼が、わざわざこの店を訪れた驚愕の真意とは――。笑顔になれる伊勢名物とおいない酒で、全国の悩める神様たちをもてなす人気作第２弾！「冷やしキュウリと酒の神」ほか感涙の全５話を収録。

ISBN978-4-8137-0484-3 ／ 定価：本体540円＋税

スターツ出版文庫　好評発売中!!

『10年後、夜明けを待つ僕たちへ』　小春《こはる》りん・著

『10年後、集まろう。約束だよ！』――7歳の頃、同じ団地に住む幼馴染5人で埋めたタイムカプセル。十年後、みんな離れ離れになった今、団地にひとり残されたイチコは、その約束は果たされないと思っていた。しかし、突然現れた幼馴染のロクが、「みんなにタイムカプセルの中身を届けたい」と言い出し、止まっていた時間が動き出す――。幼い日の約束は、再び友情を繋いでくれるのか。そして、ロクが現れた本当の理由とは……。悲しすぎる真実に涙があふれ、強い絆に心震える青春群像劇！

ISBN978-4-8137-0467-6 ／ 定価：本体600円＋税

『月の輝く夜、僕は君を探してる』　柊《ひいらぎ》 永太《えいた》・著

高3の春、晦人が密かに思いを寄せるクラスメイトの朔奈が事故で亡くなる。伝えたい想いを言葉にできなかった晦人は後悔と喪失感の中、ただ呆然と月日を過ごしていた。やがて冬が訪れ、校内では「女子生徒の幽霊を見た」という妙な噂が飛び交う。晦人はそれが朔奈であることを確信し、彼女を探し出す。亡き朔奈との再会に、晦人の日常は輝きを取り戻すが、彼女の出現、そして彼女についての記憶も全て限りある奇跡と知り…。エブリスタ小説大賞2017スターツ出版文庫大賞にて恋愛部門賞受賞。

ISBN978-4-8137-0468-3 ／ 定価：本体590円＋税

『下町甘味処 極楽堂へいらっしゃい』　涙鳴《るいな》・著

浅草の高校に通う雪菜は、霊感体質のせいで学校で孤立ぎみ。ある日の下校途中、仲見世通りで倒れている着物姿の美青年・円真を助けると、御礼に「極楽へ案内するよ」と言われる。連れていかれたのは、雷門を抜けた先にある甘味処・極楽堂。なんと彼はその店の二代目だった。そこの甘味はまさに極楽気分に浸れる幸せの味。しかし、雪菜を連れてきた本当の目的は、雪菜に憑いている“あやかしを成仏させる”ことだった！やがて雪菜は霊感体質を見込まれ店で働くことになり…。ほろりと泣けて、最後は心軽くなる、全5編。

ISBN978-4-8137-0465-2 ／ 定価：本体630円＋税

『はじまりは、図書室』　虹月一兎《こうづきかずと》・著

図書委員の智沙都は、ある日図書室で幼馴染の裕司が本を読む姿を目にする。彼は智沙都にとって、初恋のひと。でも、ある出来事をきっかけに少しずつ距離が生まれ、疎遠になっていた。内向的で本が好きな智沙都とは反対に、いつも友達と外で遊ぶ彼が、ひとり静かに読書する姿は意外だった。智沙都は、裕司が読んでいた本が気になり手にとると、そこには彼のある秘密が隠されていて――。誰かをこんなにも愛おしく大切に想う気持ち。図書室を舞台に繰り広げられる、瑞々しい“恋のはじまり”を描いた全3話。

ISBN978-4-8137-0466-9 ／ 定価：本体600円＋税

書店店頭にご希望の本がない場合は、書店にてご注文いただけます。